角川春樹事務所

本書は、二〇〇二年四月に小社より時代小説文庫として刊行された
『三国志 十一の巻 鬼宿の星』を改訂し、新装版としました。

目次

新装版 三国志

十一の巻

鬼宿の星

＊編集注　本文中の距離に関する記述は、中国史における単位に従い、一里を約四〇〇メートルとしています。

前夜

1

張飛は死なず。

白帝から秭帰までの進撃を見ると、劉備にはそうとしか思えなかった。先鋒だけでの、鮮やかすぎるほどの進撃は、まさしく張飛の指揮そのものだった。

兵も馬も、白い喪章をつけているという。関羽に対する弔意で、これからさらに張飛とともに、江陵、武昌を攻めるのだ、と劉備は思った。自分の軍の先鋒は、いつも張飛だった。

成都から東へ、七百五十里（約三百キロ）ほど進んでいた。本隊の三万である。一万は、すでに白帝に到着し、占領地の整備にとりかかっている。

願わくば、秭帰まで。その軍令がなんだったのかと思うほど、張飛軍の進撃はすさまじいものだった。ただ、さすがに夷陵まで攻めさせようとは思わなかった。呉軍の本隊が待ち構えているのだ。それには、全軍で当たるべきだろう。

夷陵を抜けば、進撃はさらにたやすいものになる。張飛軍は、自らの庭を駈けるように、荊州の原野で暴れ回るに違いない。そのために、力のためのようなものが必要だと、劉備は思っていた。力をためにため、一気に荊州で爆発させるのである。

「荊州武陵郡の少数民族が、かなりの数参軍してきております」

応真が報告に来た。応累の息子である。父に勝る働きをするであろうと、孔明が推挙してきた。孔明が連れてくるまで、応累に息子がいることを、劉備は知らなかった。そういうことを、応累はあまり語ろうとしなかったのだ。

小肥りで眼が細く、応累が若いころの面影をしっかり持っている。二十六歳だというが、三十を超えているように見えた。応累の手下だった者たちを、よくまとめてはいるようだ。

「先鋒の進撃が、やはり大きかったようです。このままだと、二万近くが参軍してくるであろう、と馬良様は言っておられます」

少数民族の説得に当たっているのは、馬良である。一万が集まれば上出来だと劉備は思っていたが、それどころではないようだ。戦闘力では蜀軍に及ばないが、荊州に進攻した際の、城の守りには使える。

「数日中に、馬良様は本隊に戻られるそうです。あとは一気に白帝まで進み、その勢いが当たるべからざるものだと見せてやる方が、説得より効果があるであろう、と言っておられます」

「そうか。馬良が戻るか」

ゆっくりと進軍してきたが、これで一気に白帝へ進み、呉の本隊に対する陣を展開することができる。ゆっくり進んだのは、少数民族の説得に時が必要だったからである。

「手の者の半数は、荊州に散っているのだな、応真？」

「いまはすでに、半数以上を潜りこませております。夷陵から江陵に到る呉軍の情勢は、手に取るようにわかります」

「おかしな軍の動きを、見逃すな、応真。これからは、張飛軍が奇襲を受けることを、最も警戒しなければならん」

「そこに、一番眼を注ぐようにいたします。いまのところ、正面から反撃しようという動きは、呉軍にはありません」

「心せよ。父の弔いでもあるが、逸ってはならぬ。まずは、敵をよく見きわめるのだ」

「心に刻みつけております。手の者たちにも、そう言い聞かせます」

応累は、軍人ではなかった。だからその働きは顕著に見えはしないが、劉備軍の諜略や情報の収集を、すべて担ってきたのだ。寡兵でも乱世を生き抜けたのは、応累の働きがあったからと言っていい。

本陣の幕舎でひとりになると、劉備はいつものように江陵、武昌の周辺の地図に見入った。江陵の地形は、細かいところまでよくわかっている。攻め方も、考えてある。落とすのに、それほどの手間はかからないだろう。

問題は、武昌だった。地形はいま詳しく調べさせているが、とにかく水軍が有効な場所だ。呉軍に匹敵する水軍が、蜀にはない。いや、この国のどこにもない。その水軍の動きをどうやって封じるかで、戦況は大きく変化する。

湿地の多い土地で、騎馬隊をどうやって使えばいいのか。騎馬隊が力を発揮すれば、武昌の攻略は楽なものになるのだ。

武昌に、孫権は留まるのか。それならば、この弔いの戦は、一気に終結させられる。そして孔明が考えている以上の力で、北へむかうことができるだろう。

孫権の首さえ取れば、この戦は終りだった。あえて揚州にまで攻めこむことはない。呉は、揚州だけで小さくまとまっていればいいのだ。魏の相手は、蜀がやる。

　この戦が間違っているとは、劉備は思っていなかった。大義にもとる。幕僚の中で、そういう意見を出す者もいた。しかし大義以前に、自分には守らなければならないものがあるのだ。それすら守れずして、なんの大義だという思いがある。関羽、張飛。兄弟などではない。ほとんど、自分自身だった。その二人が殺されたということは、手と足を捥がれたようなものではないか。死してのちに、大義と叫べるのか。このままでは、生きながらの死だった。

「関興です」

　幕舎の外から声が聞え、関興が入ってきた。

　このところ、夜の話し相手に、劉備はよく関興を呼んだ。立派な校尉（将校）に成長している。この戦が終れば、当然将軍だろう。張苞も、生きていればそうだった。関羽も張飛も、いい息子を持った。ひとり生き残った自分の息子だけが、いまひとつ心もとない。

　劉禅は率直な性格だったが、激しさに欠けていた。芯が弱いと思えるところもある。いわゆる、乱世むきの性格ではないのだ。しかし、太平の世なら、名君になる素質があるかもしれない。民へ示す慈愛など、見るべきところはあった。乱世では、補佐する者の器量によるだろう。そういう点では、関興は頼りになりそうだ。趙雲の息子たちも期待できる。

「御機嫌はいかがですか、陛下」

「悪くはない」

大兄貴とか兄上とか呼ぶ者は、もういなくなったのだと、関興の言葉を聞くと改めて思い直さざるを得ない。

「進軍が遅い分、兵の調練に怠りはあるまいな、関興？」

「はい、校尉たちだけでなく、兵も逸りきっていますので、激しすぎる調練にならぬように、かえって抑えなければならないほどです」

「逸っているか、みんな」

「成都近郊で、あれだけの調練を積んだのです。戦をしたがって、当たり前です。おまけに、先鋒のあの戦捷です」

「関羽が生きていれば、やはり逸るなと申したであろうな」

「私も、父ならなんと言うだろうか、ということをいつも考えるようにしております」

「おまえの青竜偃月刀、関羽が自ら江陵の鍛冶屋に打たせたそうだな」

「はい。いまは、青竜偃月刀が父だと思い定めております。張苞がいれば、もっとお互いの父のことを語れたと思うのですが」

「関羽も張飛も、死んではおらぬ。私はそう思っている。心の中に生きている二人のために、われらはいまなさねばならぬことがあるのだ」

「孫権の首を。いまこうして、陛下とともにそのために進めるのが、私には無上の喜びです。父は、きっと見ておりましょう」

「もうよい。弟たちの話はよそう。それより関興、少数民族の兵が、二万は参軍してきそうだぞ」

「馬良様が、大変な働きをなされたのですね。兵糧のことから軍規のことまで、毎日のように命令が届きます。孔明様といい馬良様といい、実によく働かれます。私も、命を投げ出して働かねば、と思っております」

話し相手に関興を選んではいるが、いつもどこかで言葉が食い違った。関羽や張飛を相手にしている時は、もっと言葉が少なかった。それでも、なにかを語り合ったという気持が強くあったものだ。

息子のようなものなのだ。そう思っても、時に苛立つことがあった。潜ってきた修羅場が違う。見てきたものが、違う。同じ時代を、生きてきてはいないのだ。

それも仕方がないことだ、とは思う。ほんとうに語り合いたければ、趙雲がいる。三番目の弟のようなものだ。

劉備はしばらく、関興が話す調練の様子を聞いていた。部隊の編成に、隙はない。校尉たちも、活発に動いているようだ。現場で全軍を統轄しているのは、黄権である。劉備が益州に入ってから、麾下に加わった将軍だった。

なにかが、違う。いままでとは、明らかになにかが違う。関羽と張飛が、いないのだ。確かに精強な軍に仕あがっているが、劉備軍の中心にいるべき者が、二人ともいない。

あの二人が欠けることが、これほど大きいとは、劉備も予想していなかった。張飛が死んだという知らせを受けた時から、自分の軍という感じがなくなってしまっていた。

自分の躰であって、自分ではない。自分自身についても、劉備はそう感じている。

「また進軍が開始されるとすると、新年には白帝に入ることができます、陛下」

そのつもりで、馬良は動いていた。今年の収穫からあがってきた年貢も、兵糧に加え、長江沿いの占領地に蓄えることができる。

「私はまだ、戦場でおまえの青竜偃月刀を見たことがないのだな」

「それを陛下に御覧いただけるのが、私の喜びです。父ほどには遣えないにしても、それ以外の誰にも劣るとは思っておりません」

「気負うでないぞ、関興。闘魂は、その場になるまで内に秘めておくのだ」

「はい、黄権将軍も、調練が激しすぎると、しばしばおっしゃいます」

黄権は、老練な将軍だった。堅実な手腕を、劉備は認めている。しかし、それだけだった。関羽、張飛、あるいは趙雲に抱くような、絶対の信頼というものはなかった。

関興が退出すると、劉備は幕舎の中でひとりになった。

もう自分も死ぬのだ。ふと、そう思う。張飛の死の知らせが届いてから、しばしばその気分に襲われた。

早く戦になればいい。闘っているかぎり、おかしな気分が入りこんでくることもないだろう。

闇の中で横たわると、幼いころのことを思い出した。筵を織っている、母の背中。粗末な家に相応しくない、立派な桑の木。やがて洛陽に出て、盧植門下に入り、学問を修めようとしたが、それも人より優れているということはなかった。漢王室の血に連なる。それだけが、誇りだったと言っていいだろう。血についてだけは、もの心がついたころから、母に言われ続けていたのだ。

天下を三分し、そのひとつを自分が取るなどということは、夢にすぎなかった。実現するはずもない、という夢である。

乱世が、自分を飛躍させた。いや、関羽と張飛が、下から持ちあげたのだ。やがて趙雲が加わり、そして孔明も加わった。

人に恵まれて、これまでになったのだ。漢王室に対する志を失わずに済んだのも、支えてくれる人がいたからだ。

そのひとりひとりが、死んで行く。姿はまるで消えてしまって、しかし心の中だけに残っている。なんなのだ。ひとりの時、しばしばそう口に出して呟いた。筵織りで終ったかもしれない一生だ、と自分については思える。しかし、関羽は、張飛は、違う。死ぬのなら、自分が先ではないか。

陣営では、夜でも緊張が漂っていた。時々、誰何する声や、歩哨が呼び交わす声が聞える。それが、劉備には妙に寒々としたものに感じられた。

翌日になって、馬良が戻ってきた。

将軍という資格で軍内にいるが、本来の任務は、荆州に入ってからの民政である。ただ馬良の才は民政だけでなく、軍事にも及んでいるので、軍師が戻ってきたという感じはある。

「すべての準備は、整いました、陛下。白帝までも、秭帰までも、進撃できます。異民族で参軍してくる者も、二万を超えております」

「白帝までだ、馬良。機を見て秭帰に進み、その時は先鋒は夷陵にむかう」

「ひとつだけ、陛下にお決めいただかなければならないことがあります。秭帰までの占領地の進軍はよいとして、そこから先、船を遣うべきかどうかです」

幕舎の中には、二人きりだった。馬良は、白い眉をかすかに上下させた。

船を遣って、二万を超える兵力を夷陵の先に送りこむ、という建策が馬良からなされていた。奇襲だが、きわどい賭けである。水上で捕捉されれば、呉の水軍に殲滅される可能性が大きい。うまく行けば、呉の本隊を挟撃できる。賭けの方を採るべきかどうかは、劉備が決定するしかなかった。

賭けてみる気なら、その船は用意してみせると、馬良の顔は言っていた。

「呉の水軍は侮れぬ、馬良」

やはり、という表情を、馬良は浮かべた。

「われらは、陸戦を得手としている。水の上では、鍛え抜いた精兵も役には立たぬ」

　考えてみたい戦術のひとつではある、と劉備は思っていた。しかしそれは、江陵を攻める時でいい。江陵のいくらか下流にある公安は、もともと本拠としていたところでもあるのだ。それに、夷陵を抜くのは、荊州制圧の前哨戦だという思いが、劉備にはあった。

「どこで賭けに出るかは、陛下以外に誰も決められません。たとえ諸葛亮孔明殿であろうと。そして、その賭けの時に、対呉戦の結着はつくのだ、と私は思っております」

「私も、そう思っている。これから先、捕獲した船は焼かず、こちらのものにするのだ。呉攻めでは、たえずこちらが上流に位置する。その利を、どこかで一度だけ生かすつもりではいる。しかし、決して呉水軍を侮ってはならぬ。警戒しすぎるほど警戒して、ちょうどいいのだと思う」

「御意」

「明日の朝、進発する。今夜、黄権以下の部将を集め、進軍の陣立てを決める」

　一礼し、馬良は幕舎を退出していった。

　呉軍の配置は、ほぼ正確に摑んでいるはずだ。応真は、父の応累に劣らぬ働きをしている。ただ、呉軍総指揮の、陸遜という若い将軍の力量がよく見えない。死んだ魯粛や呂蒙の力量は、わかっていた。その二人と較べると、陸遜はまだ若い。陳礼が守っている秭帰は、鉄壁だった。秭帰の奪回を呉軍が計るにしても、相当の兵力と時を要するはずだ。

いずれにせよ明日は進発し、新年早々には白帝に入れる、と劉備は思った。

2

夷陵の本営を覆っているのは、危機感一色だった。

巫から秭帰まで、蜀軍の先鋒の進撃は、確かに息を呑むほどのものだった。秭帰に達するまで、少なくとも数カ月と、陸遜も見ていたのだ。それが、十日余で秭帰を落とされていた。想像を絶する、張飛軍の騎馬隊の精強さだった。山が両岸に迫った長江沿いの、地形の険しいところでも、充分に力を発揮している。

あの騎馬隊が荊州の原野に出てきたら、と考えると全身の肌に粟が立つ。恐らく、無人の野を進むように、縦横に駈け回るだろう。関羽に心を寄せていた豪族たちは、その姿を見てこぞって靡き、兵力もまたたく間にふくれあがるに違いない。

夷陵から先に進ませない。陸遜が考えているのは、それだけだった。しかし、でないのだ。

きるのか。先鋒があれだけの勢いで秭帰に達し、本隊はまだ白帝にさえ到着していないのだ。

水陸両面から迎撃態勢を整え、速やかに秭帰だけは奪回すべきだ、というのが将軍たちの意見の大勢だった。防衛線が夷陵にしかないことが、不安なのだろう。

何段もの防御を構える気が、陸遜にはなかった。あれだけ精強な軍を防ぐのは、一点でいい。それは、夷陵だ。夷陵を抜かれたら、即ち負けということだった。

それでも、巫から夷陵まで、長い防御陣を敷いた。次々に陣を抜いたとしても、その後の配置が蜀軍には必要になる。巫からは戦場だという緊張感が、兵を疲れさせもする。

水陸両軍の主力は、あくまで夷陵である。しかし、夷陵もあっという間に抜かれるかもしれない。そうなったあとまで生きてはいない、という覚悟が陸遜にはあった。すべてが、夷陵なのだ。

「数日間だけ、指揮を任せたい」

陸遜は、本陣の営舎に淩統を呼んで言った。

「いままで通り、秭帰にはじわじわと圧力をかけ続けてくれ。決して、強すぎない圧力をだ」

「やはり、陸遜殿が御自身で武昌に行かれなければなりませんか？」

武昌からは、反撃はどうしたのだという使者が、毎日のように来ていた。それについて、じっと耐えるという返答では、もう武昌も納得しなくなっていた。陸遜が行き、直接孫権に会って説明する必要があった。それでも孫権が納得せず、陸遜から軍権を取りあげるとしたら、それまでである。

肚はくくっていた。

「補佐に、韓当殿をつける、凌統」

凌統に任せると、昨夜決めた。陸遜の考えを、最もよく理解しているからだった。韓当を補佐につけるのは、経験豊富でありながら、この戦線では決して出すぎようとせず、一校尉（将校）に徹しているからだ。

「殿は、おわかりくださる、と私は思います。赤壁で曹操軍三十万に、わずか三万で対するという時も、周瑜様のお考えをしっかりおわかりくださいました」

「私も、そうであって欲しいと思っている」

「ひとつひとつの戦況に左右されず、乾坤一擲の勝負を挑む。これは、赤壁の時と同じではありませんか」

「気負わず、留守を守ってくれ、凌統。多分、一度だけで済むと、私は思っている」

凌統に、留守の守りを任せることには、異論が出るだろう。それもすべて、無視するつもりでいた。負ければ、死ぬことによって責めを負う。だから、誰にも妥協しない。

「私は、周瑜様の下にいたころから、ずっと陸遜殿と一緒でした。その私が、いま思います。陸遜殿は、大きくなられました。私が及びもつかないほど、大きく」

大きくなったと言われても、実感はなかった。大戦の指揮ははじめてであるし、その準備に忙殺されていた。その忙しさの中に、恐怖心や孤独感を紛わせていった、と言っていいだろう。

張飛が、死んだ。

大きな敵が消えたということだが、陸遜にはやはり、釈然としないものが残っていた。張昭の謀略による、暗殺にほぼ間違いはないのだ。そして、自分の力量に疑問を持ったがゆえに、張昭は動いたのだと陸遜は思っていた。軍人としての誇りは、傷ついている。しかし、言っても仕方がないことだった。勝つ以外に、傷を癒やすことはできないのだ。

夜になって、陣舎に韓当が訪ねてきた。

「明日、武昌へ発たれると聞いたが、陸遜殿？」

「はい。殿にお目通りして、私の胸の内をすべてお話ししてこようと思います」

韓当は、白くなった髭にちょっと手をやり、眼を細めた。本来なら、軍の長老として、陸遜にさまざまなことを言うはずだが、見事なほど一校尉に徹している。兵たちの信頼も、大きいというより、深いという感じになってきた。

陸遜にとっては、軍務に就いたころからの長老である。ほかに、程普、黄蓋という二人の長老がいたが、いまは亡い。

「なにか、気になることがおありなのですか、韓当将軍？」

校尉に徹しているといっても、陸遜にとってはやはり長老の将軍だった。呼ぶ時には、大抵は将軍とつける。

「私は、ひとりの老兵の立場から、ずっとこの戦を見続けてきた。巫から夷陵までの長大な陣は、磐石なものとは言えなくても、それなりの効果は果していると思う。どれほど破竹の進撃であろうと、蜀の先鋒はいくつもの陣を抜かなければならなかったのだ」

「はい」

「勝ちに乗るとこわい。これは、長年の経験から、はっきりと言える。しかし乗ったのではなく乗せたのだとしたら、自ずから敵の隙も見えてくるはずだ。戦は、虚実の駈け引きというところがある。いまの蜀軍の戦捷の勢いが、虚なのか実なのかは、夷陵でぶつかってみるまでわからぬ、と私は思っている」

「ほかの将軍たちのように、私がただ手を拱いている、とは思っておられないのですね、韓当将軍？」

「いまは、ずっと耐えることの方が難しかろう。まして張飛軍は、こちらが想像した以上の精鋭でもある。兵も馬も喪章を付け、弔いの思いは壮絶でさえある。そういう敵を前にしたら、早くぶつかってしまいたいと思うものだ。その方が、じっと耐えるよりたやすいからな」

　韓当は、陸遜の戦術が誤りではない、と伝えに来たようだった。

「ひとつだけ、言ってよいか、陸遜殿？」

「そのような。韓当将軍の御意見なら、むしろお願いして聞きたいぐらいです」

「夷陵が決戦場では、攻める方の都合がよすぎはしまいか。山に囲まれている、と言ってもいい場所だ」

「しかし、夷陵を抜かれると夷道しかなく、平地を背にすることになります」

「蜀の騎馬隊は、平地を前にして、逸りに逸るであろう。夷陵にいれば、まず騎馬隊の攻撃とは考えず、山から逆落としに攻めようとするかもしれん。山岳戦を得手とする少数民族を、かなり味方につけていることでもあるしな」

「しかし」

「ここまで、肚を据えたのだ、陸遜殿」

韓当の眼が、皺の中で射るような光を放ってきた。老雄が、いきなりかつての猛々しさを剝き出しにした、と陸遜は感じた。圧倒してくるものを、陸遜は気力を籠めて受け止めようとした。韓当の眼は、陸遜を見つめ続けている。

「私が総大将であったとして、ここまで肚を据えて迎え撃とうとできたかどうか、わからぬ。いや、できなかった、という気がする。巫を抜かれたところで、兵力をもっと注ぎこんだだろう。しかし私は総大将ではなく、ひとりの、戦の経験だけは誰よりも重ねた老兵として、この戦を見つめ続けていた。夷陵で止めねばならぬと、陸遜殿は思いつめている。同じく敵も、夷陵さえ抜けば、と考えているだろう」

「夷陵にこだわるあまり、夷陵と夷道のどちらが勝ちやすいか、考えていないと言われているのですな」

「夷陵は虚、夷道は実。そう見たらどうだろうか」

言った韓当の顔に、ふっと穏やかな笑みが浮かんだ。眼の光は、変らない。

「いや、老人が余計なことを申したかな。とにかく、私はずっと陸遜殿の指揮を見てきた。自分が老いて去るべき者だと、痛感せざるを得なかった。はじめて、陸遜殿に申しあげようと思うものが、見えたという気がする」

　韓当の眼の光は、もう穏やかなものになっていた。

「ここに、書簡がある。張昭殿に届けていただきたい。なに、陸遜殿にやりたいようにやらせるよう、殿に進言してくれと、張昭殿に頼んでいるだけだ。余計なお世話だが、陸遜殿が武昌で割かなければならぬ時間が、これでいくらか短くなると思う」

「ありがとうございます。御好意はお受けして、張昭殿へ書簡はお届けします。しかし、夷陵と夷道の件は」

「聞いていただいた。私は、それだけでよい」

「考えさせてください、韓当将軍。私はまだ、身を削るほどに考え抜いてはいないのかもしれません。考えたつもりですが、どこか甘いという気もしています」

「軍権は、陸遜殿がお持ちだ。決める時は、自分の思う通りに決められるがよろしかろう。老人の繰り言を、よくいやがりもせずに聞いてくださった」

「私こそ、すべてを考え尽したと思っても、そうではないということを思い知りました」

「陸遜殿のお義父上は、戦の天才であった。考える前に、肌で感じて動き、闘った戦のすべてに勝利された」

陸遜は、孫権の兄孫策の娘を、嫁に貰っていた。すでに亡い、魯粛や呂蒙に勧められたのだ。陸遜自身は、孫策の戦を知らない。

「私が肌で感じることができるのは、恐怖ぐらいのものですよ、韓当将軍」

「それでいいのだ。ただ、考えなければならないなら、最後の最後まで考え抜くことだ。途中で決めこんでしまうべきではない、と私は思う」

言って、韓当が腰をあげた。

陸遜も立ちあがり、深く頭を下げた。

その夜から、陸遜は再び考えはじめた。戦の虚と実とはなんなのか。勝つということはなんなのか。

武昌へむかう船上でも、陸遜は考え続けた。わずかな時間眠っては、考え続ける。食べ物を口に入れても、嚙む前に考える。

武昌へ到着した時は、疲れきっていた。

「速やかに迎撃にむかうべきだと、上奏文が届いた。武昌だけでなく、建業でも、戦況を聞いた軍人たちは、迎撃すべきだと申しておるようだ」

拝謁すると、孫権はすぐにそれを言い出した。

陸遜は、懸命に、一点での防御と反撃を説明した。しかし、その一点が夷陵か夷道かは、いまは決めきれていない。孫権の表情も、得心がいったというものではなかった。

二度目の説明は、幕僚を前にして行われた。ほとんど査問に近いものだったが、ひとつひとつの指摘に、陸遜は丁寧に反論した。まさに、孤立である。陸遜の意見に頷く者は、ひとりもいない。

「陸遜将軍から軍権を召しあげるべきかどうかは、明日までに殿がお決めになる」

最後に、張昭がそう言った。

館の中に与えられた居室に戻ってからも、陸遜は考え続けていた。軍権を召しあげられるかどうかは、なぜか考えなかった。夷陵か夷道か。あるいは、ほかの方法があるか。

翌早朝、孫権の居室に呼ばれ、二人だけでむかい合った。

「年寄りどもが、おまえに任せろと言う。私の運を、おまえに託せとな」

「はっ」

「実は、迷っていた。甘寧（かんねい）と替えるべきかもしれぬ、という思いもわずかだがあった」

「私は、勝てます」

「確実にか？」

「戦に、確実などということは、ひとつもありません。勝つつもりで闘う。それだけのことです。勝つためになにをなすべきか、必死に考えます」

「呉（ご）の主力は、おまえのもとにある。おまえが負ければ、呉という国そのものの先行きがおかしくなる」

「わかりすぎるほど、わかっております。ゆえに、勝つために考えて考え抜いているのです」

「どうやら、張昭が言うように、おまえが一番深く考えているのであろうな」

孫権の碧（あお）い瞳（ひとみ）が、陸遜を見つめてきた。それを見返し、陸遜は眼をそらさなかった。

「私は、自分自身の全知全能をすべて出し切る、としか申しあげられません。そして、勝ちます。蜀（しょく）は益（えき）州のみを領し、呉は荊（けい）州をまことの領地にいたします」

「私は、天下のためには、まず三分の形勢が安定することだと思っている。われらは、長江という、ほかにはない武器を持っている。長江を充分に活用すれば、蜀はもとより、いずれ魏も凌いでいけるはずだ」

「私に命じられた闘いが、どのようなものか、誰よりもわかっているつもりです」

「もうよい、陸遜。私は魯粛や呂蒙に、おまえを推された。いま、張昭や韓当もおまえを推している。私が信頼する臣が、こぞっておまえを推しているということだ。おまえに軍権を与えたことを、迷うまい。後悔もするまい。私は、私がなすべきことを、黙ってやることにしよう」

「殿がなされるべきこととは？」

「魏を、なんとかする。蜀との間が安定するまで、私は魏に臣従しようと思う」

「臣従でございますか？」

魏の動きというものが、陸遜の頭からは抜けていた。

「呉が蜀と争っている間に、魏が揚州を攻め奪るということは、充分に考えられる。蜀よりも厄介な相手と考えた方がいいかもしれぬ。なんの、ほんのわずかな間だ。まさか、臣従してきたものを、魏は攻めたりはするまい。曹操なら別だが、曹丕には体面を第一に考えるところもある」

「魏のことを、私は考えてもいませんでした。三峡の戦線をどうするか、ということばかりに心を砕いておりました」

「それでいい。蜀は、おまえに任せた。好きにやるがよい。会議の席で、もう一度おまえの軍権を確認することにする。魏のことは、私や張昭に任せておけ」

魏への対策をどうするべきか、韓当が張昭に宛てた書簡にあったのかもしれない、と陸遜は思った。やはり、自分にはすべての情勢は見えてはいないのだ。

同じように、蜀との戦でも、すべてのことが見えてはいないのかもしれない。

「私は」

「おまえは、速やかに夷陵の本営へ戻れ。蜀との戦に、持てるもののすべてを出してみるがいい。私は、それを見ていよう」

もう行けという仕草を、孫権がした。陸遜は拝礼し、孫権の居室を退出した。

会議では、もう議論はなされず、陸遜の軍権が確認されただけだった。

長江を遡上する船上でも、陸遜は蜀軍をどう迎撃するか、考え続けていた。夷陵へ戻る方が、二倍以上の時がかかる。陸遜はほとんど眠らず、地図を見つめ、頭の中に戦を思い浮かべた。

虚と実。頭ではわかるが、戦は兵の生身がぶつかるものだった。そこで流れる血に、虚と実があるのか。

赤壁を、通過した。

その時だけ、陸遜は楼台に登り、烏林と赤壁を交互に見つめた。

周瑜はあの時、ただ風を待っていた。そして、一日か二日、風は吹くはずだった。

十倍の敵を前にして、周瑜はそれを待つことができたのだ。

赤壁が見えなくなっても、陸遜は楼台を動かなかった。

冬の風が、陸遜の頰を打ち続けている。

3

蜀と呉の戦は、本格的なものになりそうだった。

それが魏にとって好都合であることは、自明だったが、曹丕は警戒心を緩めはしなかった。移動した蜀軍は成都の七万だけであったし、合肥では相変らず呉軍との膠着が続いていたからだ。

乱世では、なにが起きるかわからない。ぶつかりそうだった呉蜀両軍が、不意に連合して北上してくることも、絶対にないとは言えないのだ。合肥の呉軍は甘寧が率いていて、数万の規模だった。漢中近辺にも、やはり数万の軍がいて、将軍のひとりはあの馬超である。呉も蜀も、片方では魏に攻めこむ用意を忘れてはいない。孫権は、周到に臣従を願い出てきて、曹丕はそれを許している。合肥の兵力を、少しでも対蜀戦に回そうという意図は見えているが、臣従は臣従だった。

気になるのは、蜀の趙雲と馬超の動きである。張飛も暗殺されたいま、この一人しか軍の中心となるべき力は持っていないだろう。しかし劉備は、二人を益州に残していた。雍州に進出する構えと、思えなくもない。軍師の諸葛亮は、どこで意表を衝いてくるかわからないのだ。漢中争奪戦のあとの、速やかな北進は、父の曹操にさえ読めなかった。

「孫権を呉王に封じたことで、不平を洩らす者もいるようだが」

十日に一度ほどは、司馬懿とともに昼食をとった。蜀と呉が争っている間に、不安定な雍州と涼州を完全に制圧するべきだ、と司馬懿は考えているようだった。制圧に適当な人材も、推挙してきている。

「陳羣殿などは不満でしょうが、もともと孫権に対して不信感を持っていますから」

「孫権は、いずれ私の前にひれ伏す。かたちだけの臣従ではなくだ」

臣下の礼から、臣従と、孫権はさまざまな手管を使ってくる。呉王に封じ、しかしそれだけでなく、息子を人質に差し出すように曹丕は要求していた。

少なくとも、いま魏は平穏である。陳羣が力を注いだ人材登用の制度も、ようやく効果を発揮しはじめている。

「ところで、于禁将軍が戻されてきましたが、陛下」

「会ったのか、司馬懿？」

「はい、髪も髭もすべて白くなり、頰は削げ、以前の面影はありません」

于禁は、関羽に捕えられ、江陵に監禁されていた。江陵を呉軍が奪ったので、次にはそのまま呉軍の捕虜ということになっていたのだ。魏の、古参の将軍のひとりである。

「使いものにはならぬな、もう」

「駄目でしょう」

「父上は重用しておられたであろうが、私には于禁に対するいかなる思いもない。扱いは、おまえに任せよう」

「降伏したという一点については、黙視できないと思います。たとえ兵を救うためであろうと、自ら生き延びてしまったということは、やはり問われて然るべきだと思います」

「しかし、罰するというのも、好ましくない。うまく扱え」

「かしこまりました」

司馬懿なら、陰湿な方法を考えるだろう、と曹丕は思った。しかしそれが、曹丕にはいつも不愉快ではなかった。自分の陰湿さを、司馬懿が代行しているとさえ感じられるのである。

「行くところまで行くのかな、呉蜀の戦は？」

「あるところで、お互い収束させようとするだろう、と私は見ています。荊州をどちらが奪るかというあたりではないでしょうか」

曹丕も、そう思っていた。呉蜀は、同盟しないかぎり魏に呑みこまれる。同盟するまでに、大きく力を使ってしまうというのが、魏には望ましいことだった。

「蜀の先鋒は噂通りだが、張飛はおらぬな」

「張飛の軍を、かえって奮い立たせることになったのかもしれません。張飛は、孫権の手による暗殺だったようですし」

致死軍の一部が、暗殺に加わっていた。それは、五錮の者から曹丕に報告が入っている。女を中心にした者たちが、張飛の周辺に近づいたようだ。

「呉も、魯粛、呂蒙と、有力な将軍を続けざまに失いました。若い陸遜の指揮では、孫権も不安を感じたのかもしれません。いくらか策を弄しすぎたとも思えますが」

「目的のためには、どんなことでもやる男だということが、またはっきりと見えた。それさえわかっていればよい」

「それと、わが国でも警戒を怠らないことです。特に、陛下の御身辺については」

「許褚がおる」

曹操が、虎痴と呼んで許褚を大事にしていたわけが、曹丕にもわかってきた。近衛軍の指揮官として、完璧な仕事をする。宮殿内外の近衛軍の配置には、まったく隙がなかった。しかし、職掌を超えることは、見事なほどやろうとしなかった。ほんのわずかな期間で、許褚の存在は影のように気にならなくなったのだ。

「いかに許褚といえ、後宮にまでは眼が配れません。そして、陛下は後宮で過される夜が多いのです」

「そちらは、心しておこう」

後宮には、百人ほどの女を蓄えている。父は好色だったが、自分はそうではない、と曹丕は思っていた。しかし、ひとりの女が、長く続かないのだ。

甄氏が死んでから、そうなった。宦官を三人寝室に入れ、その夜召し出した女を裸にして押さえつけさせる。女が恥辱にまみれて顔を歪める時、曹丕ははじめて交合が可能になるのだった。二度目の恥辱はそれほど苦痛なようではなく、三度目は媚びさえ見せはじめる。それが、女だった。

皇后は、大人しい側室の中から選んで立てた。曹叡を後継にすることも、実母の甄氏が死ぬと、あまり抵抗を感じなくなった。後継が定まっていれば、女たちの争いの主要な一因のひとつは取り除ける。

司馬懿が退出すると、文官を呼んで報告を受けた。ひとりからだけ報告を受けるということはしない。時と場所により、次々に人を変えて報告させる。それも、現場での仕事を指揮している者たちにだ。全部を見渡したい時は、陳羣と話をする。

魏の民政は、うまく回りはじめていた。

曹操のころのように、実力がある者がひとりで取り仕切るということはない。どの部署も、何人かの合議で事が運ぶ。間違いが出れば、合議に加わった者すべての責任だった。

地方の、特に幽州・青州の民政が、安定してきたように思えた。

問題は、雍、涼二州である。締めつけを強くすると、すぐに叛乱が起きる。緩めると、小軍閥が生まれはじめる。

軍事的に完全に制圧し、それから民政を充実させるという方法しかなかったが、それもなかなか難しかった。蜀に靡く可能性があり、そうなると厄介なのだ。特に涼州では、馬超の伝説が生きている。

雍、涼二州をどうすればよいか、賈詡にその考えを述べるように命じていた。三日前のことで、洛陽から派遣した郡の太守が追い返された報告が入った時だった。熟考して、賈詡を召し出したのだ。劉備を殺すべきだと具申してきた折の賈詡の話は、確かに曹丕の眼を開かせたところがある。漢王室の亡霊を生かしておいてはならぬ、ということだった。漢王室の亡霊という考えが、曹丕にはなかったのだ。

あれ以来、老臣の中で意見を求めるなら、賈詡が第一だと曹丕は思っていた。

その賈詡が、夕方近くに参内してきた。

「考えはまとまったか、賈詡？」

「ようやくに」

七十を過ぎているが、賈詡の背筋は伸びていた。ただ顔の皺は深く、表情の変化は乏しい。明晰さを失っていないのは、曹丕自身がよく知っている。

「雍、涼二州と申しましても、問題は涼州でございますな。羌族などが多く、昔から中原には反抗的でありました。涼州をしっかり押さえられる人材があれば、すべては解決するという気がいたします」

「確かにな」

雍州は、涼州が反抗的になれば、それに靡く。昔から、そうである。

雍、涼二州を押さえるというのは、蜀の北上を防ぐということだった。逆にそこが不安定であれば、たえず蜀の脅威を受けることになるのだ。いまでも漢中には数万の蜀軍がいるし、馬超も白水関に留まっている。

「羌族の中から誰かを選び、統治させる。これは危険です。羌族が、心底から中原に服従するとは思えません。また、強力な軍を送るというのも、好ましくはないでしょう」

「そんなことは、すべてわかっている」

「人を選ばれることとです。羌族に不安を与えない、しかし戦はうまいという者を。古参の猛将でも、若手の将軍でも、うまくはいきません。粘り強く、柔軟な考えを持った者でなければ」

「誰を、推挙する？」

「張既ではいかがかと」

意外な名だった。軍歴は長く、曹操が袁紹と闘ったころから、漢中争奪戦まで従軍しているが、大きな武功はあげていない。しかし、失敗もまったくなかった。

　幕僚の経歴は、曹丕もすべて把握していた。雍、涼二州と考えた時、出てくる名ではなかった。賈詡に言われて、はじめて雍、涼二州に張既を当て嵌めてみた。

「軍事でも、民政でもなく、と私は涼州の統治を考えました、陛下」

「つまり、軍政ということか？」

「御意」

　賈詡が言う軍政とは、軍人が民政をやるということなのか。

「張既の、文官としての力量は？」

「わかりません。しかし、涼州で細かい民政をなす必要は、いまのところありません」

「それはわかるが」

　いいかもしれない、と曹丕は考えはじめていた。張既なら、力で押さえこもうとはしないはずだ。軍の力を小出しにしながら、これまでにない統治の方法を作りあげるかもしれない。

「根っからの軍人にはできないことが、張既にはできそうだ、と私は思いました。誰を送っても、賭けの要素はあります。賭けに破れる可能性が少ないのが、幕僚を見渡すかぎり、張既なのです」

「三、四万の兵をつけるか」

「いえ、一万で充分でしょう。兵力だけを恃むことはできぬと、張既にもわからせなければなりません」

「一万の兵で、張既を涼州にやるか」

「それでこそ、あの男の粘り強い性格が生きます」

試してみる価値はある、と曹丕は思った。雍州も涼州も既に魏のもので、これから制圧するというわけではないのだ。

「私には、思いつかなかったな」

「老人には、考える時間と経験がございます、陛下。荀彧、荀攸の二人は、占領地を治めることに大きな功績を残しているのです。その二人のやり方を、私はこの三日の間、細かくなぞってみました」

「なるほどな。張既とはな。それなら、力の威圧にならぬ。しかし、力がないわけでもない」

曹丕は、張既の軍人らしくない、小柄な躰を思い浮かべた。いまは、洛陽郊外で、校尉だけを集めた調練をしている。若い校尉を育てるのは急務のひとつで、張既の使い道はそれぐらいのものだろうと思っていたのだ。

「老人の知恵も、侮り難いな」

「ほかにも方法があるのかもしれません。特に人の選び方では」

「張既に、軍政とやらをやらせてみよう。いや、いい考えかもしれぬ」

賈詡が、一度深々と拝礼をした。

それでも、曹丕はすぐに決定を下さなかった。陳羣と司馬懿に、別々に意見を求めた。意外な人選だがいいかもしれない、と二人の意見は一致していた。

謁見の大広間に張既を召し出したのは、それから五日後だった。

「一万の兵を率いて、涼州へ行け、張既」

張既が顔をあげた。居並んだ幕僚たちの中には、驚いた表情をしている者もいる。

「戦をしろ、と言っているわけではない。するな、とも言わぬ。洛陽から送った郡の太守を追い返すような州を、おまえなりのやり方で統治してみよ」

「時を」

張既の声は、躰と同じように消え入るほど小さかった。

「どれほどの時を、いただけるのでしょうか、陛下？」

「呉蜀の戦の帰趨がはっきりするまで、なんとも言えぬ。いずれにしても、それほど長い時はやれぬと思う。蜀は、国内をまとめるためにも、たえず北上しようとするであろうしな」

「雍州は、いかがなされます」

「長安に、大軍を常駐させる。それはあくまで、南に備えるものにしたいのだ。だから、涼州が乱れているのが困る」

「かしこまりました。生涯の大任として、全力を尽します」

大広間では、会議のほかにこういう任命をやる。細かいことは、居室で話すことが多かった。

呉から解放されて戻ってきた于禁が、死んだという報告は昨夜受けていたが、それを話題にする者はいなかった。鄴でのことである。

鄴を本拠にしていたのは父の曹操で、于禁は曹操の墓に参拝し、そこで倒れて、そのまま死んだという。

墓の建物の中に、関羽が戦に勝っている絵が掲げてあったという。関羽の足もとでは、大将であった于禁が惨めに降伏し、副将だった龐悳が果敢に討死しようとしている姿があるらしい。

誰が、墓の建物の中にその絵を掲げたのかはわからない。于禁は、曹操の部将として、関羽と闘ったのだった。だから洛陽に戻ったとしても、一度は鄴へ行き、墓に参拝するはずだった。必ず于禁が見るものとしてその絵が掲げられ、いまはもうないに違いなかった。

そして、降伏を恥とする風潮が、魏軍の将軍から校尉の間に広まりはじめるはずだ。

翌日から軍の編成をはじめ、二日後には張既は出立の挨拶に来た。

「長安周辺に、八万の軍を常駐させる。しかし、その兵力は当てにするな、張既」

「心得ております。強引な戦を避け、私なりのやり方で、涼州を陛下のお心に添った土地にいたします」

「さらに西との関係を、考えられればよろしいと思います、張既殿」

見送りには、司馬懿と陳羣が付いてきただけだった。

「さらに西というと、西域長史府ですかな、司馬懿殿？」

「それは、私が申しあげることではありません。ただ、私がそう思ったということです」

張既は、かすかに頷き、硬い笑みを見せた。

特に精強そうでもない、一万の軍勢だった。騎馬も、一千騎に満たないようだ。

その軍勢が、ゆっくりと動きはじめ、張既も一礼すると馬に乗り、駈け去った。

4

白帝城に、蜀の本隊が到着したという知らせが、王平から入った。

陳礼は、秭帰の布陣を確認するように見て回り、そのまま白帝城にむかった。行く時は馬で、秭帰に戻る時は船である。それが、最も速い方法だった。

白帝城まで、ほぼ四百里（約百六十キロ）。陳礼は、二日で到着した。四百里の間は、いくつもの陣営が整っていて、本隊の通行を容易にしてある。

王平が、出迎えた。陳礼が伴ったのは、校尉が三名と、兵が十二名である。兵は、馬によく乗り、判断力のいい者を選んであった。伝令のために連れてきたのだ。

「見事な戦でございましたな、陳礼殿。秭帰まで奪られるとは」

「王平殿、まだ緒戦にすぎないのです。夷陵から夷道にかけて、呉軍十五万が充満しております」

「蜀軍の本隊も、すでに六万に達しています。兵力で、そう劣る戦ではありません」

「私もそう思っていますが、戦ではなにが起きるかわからぬと、張飛様はいつも言っておられました。秭帰を奪ったのは僥倖に恵まれたためです」

「精強な軍だったからです。それは間違いない」

「調べたかぎり、呉軍の備えも相当に堅固です。しばらくは睨み合いを続けざるを得ないと、私は思っています」

「そういう話は、陛下となされるべきでしょう。本営は白帝城です。軍の大部分は、長江北岸に展開していますが」

「早速、陛下にお目にかかりたいのですが」

白帝城は、長江に突き出した、大きな岩山の頂上にある。そこに、万を超える兵を入れるのは無理だった。険岨な要害である分、頂上も狭い。

斜面の石段を、三人の校尉を連れて陳礼は駈けあがった。崖につけられた、急な石段である。調練を積んでいなければ、途中で息があがる。王平の部下で、息を切らせている者はいなかった。張飛軍の兵も、全員たやすく駈けあがるだろう。

劉備が、崖の縁に立って長江を見降ろしていた。そばには、馬良と五人ほどの従者がいるだけだ。

「陛下」

陳礼が言うと、劉備がふりむいた。

「おう」

陳礼は、思わず地面に膝(ひざ)をついた。いきなり、涙が溢(あふ)れ出してくる。

「張飛のことは、言うまいぞ、陳礼」

「はい」

「おまえは、よく闘った。まさか秭帰まで奪れるとは思っていなかった。立派な将軍になったではないか」

「私は、張飛様の副官です。張飛様の指揮があるものとして、闘いました」

「張飛のことは、もうよい。私は、忘れぬ。おまえも、それでよい」

陳礼は、うつむいた。張飛のことを語りたくて、白帝まで駆けてきたのではない。次の戦のことを話し合わなければならないのだ。

「軍議を招集するぞ、陳礼殿。陛下は、陳礼殿の到着を待っておられたのだ」

馬良が言った。

「陳礼、私のそばに立って見よ。この長江の水が流れる先に、江陵(こうりょう)があり、武昌(ぶしょう)がある。私はいま、ただ孫権(そんけん)の首を取ることだけを考えている」

劉備のそばに立ち、陳礼は長江の褐色の流れを見降ろした。

「張飛のことを語るのも、孫権の首を取ってからでよい。私とおまえで、首を取ろうではないか」

「はい」

「男としてなすべきことを、私もおまえも持っている。それは忘れまい」

「軍議に」

「そうだ、軍議だ。しかし、陳礼。慌ててはならぬ。戦は、それほど甘くはない」

「心得ております」

「それでこそ、蜀軍で最も若い将軍だ。軍議では、おまえは将軍として発言してよい」

陳礼は、一度頭を下げた。

劉備は、従者とともに営舎の方へ行き、馬良だけが残った。

「秭帰まで、陳礼殿が奪ってくれた。これからは、全軍で闘う」

「馬良様、私が将軍というのは、いささか無理ではありませんか」

「張飛将軍の代りに闘え、ということだと思う、陳礼殿。あの軍を手足のように動かせるのは、陳礼殿をおいてほかにあるまい」

「張飛様の代りですか」

「陛下は、そのおつもりだ。私も、それが最もよい方法だと思う」

趙雲なら、張飛軍を見事に指揮するだろう、と陳礼は思った。趙雲以外に、あの軍を委ねたいとは思わない。しかし趙雲は、別の任務を持っているようでもある。

「とりあえずです、馬良様。私は張飛様の旗を掲げて、荊州の原野を駈け回りたいと思っております」

「とりあえずだったものが、秭帰の攻略で本物になった。陛下が、そう言われたのだ。臆せず、軍議では発言するとよい」

馬良がかすかにほほえみ、白い眉を動かした。

自分が将軍になるなどと、陳礼は考えてもいなかった。まだ、三十歳にも達していない。孔明の教育を受け、関羽、張飛、趙雲という名だたる将軍たちに直接鍛えられたとはいえ、副官がいいところだろうと、自分では思っていた。

しかし、この戦だけは違う。先鋒はあくまで張飛軍であり、現場での指揮は自分だ。ほんとうの指揮は、張飛の魂が執っている。

将軍や上級の校尉はすでに集まりはじめていて、すぐに軍議となった。

黄権、呉班などの将軍はいるが、趙雲、馬超、魏延という、いまの蜀を代表する将軍はいない。軍師も孔明ではなく、戦の手腕はまだはっきりしない馬良である。

それでいいのだ、と陳礼は思った。もともとこの戦は、劉備と張飛の二人だけのものだったのだ。

まず、白帝から秭帰までの状況を、陳礼と王平の二人で報告した。王平は、決して出過ぎたことを言わないが、確かな眼を持っている。兵糧や、その輸送のための船の状態も、しっかりと把握していた。

「秭帰までは、わが領土を踏むようなものなのだな、陳礼？」

「はい、陛下。明日進発されても、秭帰の城でお迎えすることができます」

「秭帰から先を、どうするかということか。意見があったら申せ、陳礼」

劉備の声は、常に落ち着いていて、静かだった。なにか、深い思念の中にある、という感じさえした。いつもなら、もう少し気力を表面に出す。

「秭帰から先、特に夷陵、夷道の呉軍は、相当に強力です。じわじわと圧力をかけ、敵の戦意を喪失させていくのが上策であろう、と私は思います。夷陵、夷道を抜けば、騎馬隊一万を中心とした先鋒は、どのような力押しでも可能です」

拡げられた地図を指し、陳礼は呉軍の配置を説明した。夷陵に五万、夷道に三万、そして江陵と夷道の中間に七万。この七万は、蜀軍の動きを見て、速やかに移動する部隊だろう。

「秭帰まで進んでいなければ、相当に面倒な戦になっただろうな。長江沿いの長い陣の中に誘いこまれることは、これで避けられている。わが軍の兵力は、秭帰に集中させるべきではないでしょうか、陛下」

馬良が言った。劉備は、眼を閉じている。わずかの間に、ひどく老いた、と陳礼は思った。関羽に続く張飛の死が、やはりこたえたのだろう。

「どれほどで、それができるかな？」

「王平殿が兵糧の移送に力を入れられたので、十万が半年は過せる兵糧が、すでに秭帰には蓄えられております」

陳礼が答えた。劉備が眼を開く。老いの濃い気配は消えたが、眼に激しい光は感じられなかった。劉備の眼は、時として張飛の眼よりも激しい、と思えたことがあったほどだ。いまは、不思議に穏やかな眼である。

「明日にでも、秭帰で本隊を迎えられるというのは、まことか」

「はい、陛下。いまのところ、呉軍は反撃の気配を見せず、夷陵、夷道の防衛に専念しております。ですから、強力な防衛線にはなっているのです」

「騎馬隊で攻めるより、歩兵の仕事になるのかな？」

「御意」

夷陵までは、険しい山岳部である。夷道周辺も山が多く、そこを過ぎてからようやく原野になる。それまでは、罠なども多いだろう。歩兵が、ゆっくり前進する方がいい。

「馬良、明日から、重装備の歩兵を進ませよ。秭帰までは、装備を船で運んでもよい。到着したら、すぐに前進の準備にかかる。本陣の進発は、それが整ってからだ」

「歩兵が、先鋒ということでしょうか？」

「先鋒は、あくまで陳礼の三万。これは動かぬ。ただ、じわりと押し合うのは、重装備の歩兵の方がよかろう。ぶつかり合いの展開になったら、すぐに陳礼が前へ出る。その構えで、夷陵まで進むのだ」

「決戦は、夷陵でございますか？」

「わからぬ。それを決めて進むこともできぬ。相手の出方次第であろう」

陳礼も、それがいいと考えていた。今度ぶつかるのは、三万四万の軍ではない。呉軍の主力なのだ。騎馬隊と歩兵は、お互いを補いながら進むべきだった。

「夷道まで抜いたら、陳礼の部隊は十万の軍にも匹敵する働きをすると、私も思います。江陵も武昌も、それほど手間をかけずに落とせると思うのです。それまでは、慎重な戦をするべきでしょう」

「馬良が申すことは、よくわかる。しかし、夷陵と夷道は全力で攻めるぞ」

ほかの将軍が、二、三の発言をした。最強と言われる呉の水軍を、どう扱うかということについてだった。

「魚と同じだと、私は思う。陸にあげてしまえば、わが軍の敵ではあるまい。曹操は、あの水軍と水上で闘おうとした。それが、誤りだったのだと思う。特に荊州の長江は曲がりくねっていて、移動は騎馬隊の方がずっと速い。水の上で闘う誤りを犯さないかぎり、呉の水軍はこわくない」

馬良が言い、数人が頷いた。

劉備は、また眼を閉じている。参軍してきた少数民族について馬良が説明している間も、その眼は開かなかった。

「王平殿の指揮下で、沙摩柯と申す者がおります。山岳戦を得意としていて、秭帰城の攻略では、大きな働きをいたしました」

「ほう。そういう男がいるなら、一度本営へ伴ってくれ、陳礼」

「陛下が、側に置かれるとよろしいかと思います。先鋒の戦には、合いません。本営の指揮下で、力を発揮できる男です」

「私も、そう思います。山中を縫っての奇襲など、特殊な仕事がよろしいかと」

王平が、言葉を挟んだ。

それからまた、呉軍の分析がしばらく続いた。陸遜という大将を知っている人間は、いなかった。陳礼は、赤壁で周瑜の下にいたのを、何度か見かけている。

「明日、重装備の歩兵を進発させる。本陣も秭帰に到着したら、白帝には後詰の軍が入る。指揮は趙雲。これで、散会する」

退出しようとしたが、陳礼は残るように言われた。

別室に、夕餉の用意がしてあった。劉備のほかには、馬良がいるだけである。

「後詰に趙雲将軍というのが、私には解せませんが」

食事がはじまると、陳礼は言った。

「もし趙雲将軍が来られるのなら、先鋒の指揮をされるべきではないでしょうか」

「よいのだ、陳礼」

劉備は、皿の肉には箸をつけず、杯を口に運んでいた。

「趙雲の任務は、二重にある」

「二重」

「これは、孔明殿の考えなのだ、陳礼殿」

馬良が、白い眉の下の眼を陳礼にむけて言った。この男の眉は、どうして白いのだろう、と陳礼はふと考えた。自分より少し上で、三十五か六のはずだ。

「戦況を見て、必要とあらば後詰に入る。しかし、わが軍が後詰の必要もなく江陵を奪れば、速やかに北へむかい、魏延殿の軍とともに雍州に進出する」

「それは」

戦線が拡がりすぎる。陳礼は、最初にそれを考えた。

自分が考えるということは、誰もが考えることでもあるだろう。つまり魏も、まさかこの機に雍州が侵されるとは考えていない。臣従している呉をかたちだけでも救援するために、大軍を荊州北部に南下させるはずだ。

つまり、意表を衝く。蜀軍が雍州にいれば、涼州はこぞって靡いてくる可能性が強い。なにしろ、白水関にはかつての盟主、馬超がいるのだ。

そうなれば、魏が圧倒的に強大だという、いまの天下三分の形勢は、一気に崩れることになる。やって、やれないことではないかもしれない。しかし、危険すぎる賭けでもあった。

「これは陛下と孔明殿と私、それに張飛将軍、趙雲将軍だけが知っていることだった」

「そうですか、張飛様も」

「国の存亡を賭けることになる。関羽殿が北進された時より、はるかに厳しい賭けでもある。しかし孔明殿は、それを選びたいと言われた。そして、陛下が許された」

「孫権の首は、どうなります？」

「武昌まで落とし、それでも孫権の首が取れなければ、二年間、孔明殿の作戦を優先することになっている」

「張飛様も、承知されていたことですね？」

「そうだ、陳礼殿」

「ならば、私がなにか申しあげることではありません」

張飛が欲しがっていたのは、孫権の首だけだった。しかしそれが、たやすくはないことも知っていたはずだ。武昌を落としても孫権の首が取れなければ、次は本格的な揚州攻めだった。そうなった時、呉は完全に魏の支配下に入り、揚州攻めがそのまま魏との戦ということになる。

それならば、呉という国を揚州で存在させたまま、雍、涼二州をまず奪った方が、蜀は安全とは言えないだろうか。魏と拮抗する力を持つことができるのだ。

孔明は、そこまで考えて、戦略を組み立てたのか。かつては隆中で畠を耕し、梁父吟（民間の、哀切な音調の葬送歌）をくちずさんでいる、わけのわからない男だった。陳礼は、毎日村から昼食を運んでいったものだ。

大きい、と陳礼は思った。自分では、孔明の器量を測ることなどできない。それほど、孔明は大きい。ひとつの賭けで、天下の形勢が覆える。そこまで考えて、戦略を組み立てているのだ。

「とにかく、夷道まで出られれば、鍛えに鍛えあげた騎馬隊は、存分の働きをお目にかけます」

「いいのだな、陳礼殿？」

「私は、張飛様の副官でした。張飛様がよいと言われたことについて、なにか意見を申しあげる立場にはありません。それに、孔明様の戦略は、私が考え得ることのすべてを超えております」

劉備は、相変らず杯だけを重ねていた。

馬良が、小さく頷く。外で、兵が動き回る気配があった。白帝城は、馬で登ってくることはできない。気配は、兵のものだけだった。

「孫権の首は取ります、武昌で」

張飛も、それができると考えていたはずだ、と陳礼は思った。

5

致死軍の千五百を、山に入れた。

荊門山という山で、およそ百里の険岨な山中を、何日で移動できるか見るためだった。致死軍のほんとうの力を、陸遜はまだ摑みきっていない。普通の兵の移動で、六日かかり、何人かが滑り落ちて死んだ。往復であるから、通常なら十二日以上かかるということになる。行先には、淩統の部隊がいるのだ。そこへ行って戻ってくるだけだが、装備は付けさせていた。多少の物も運ばせる。

致死軍をどう使うか、具体的に考えているわけではなかった。ただ、山中では役に立つ。もともと、暗殺に使うような部隊ではない。

張飛の妻を暗殺し、続いて張飛も暗殺した。それはともに、致死軍の仕事であるという。孫権が命じたというより、張昭あたりが考えたことだ。なぜ、と問う気はなかった。それだけ、自分の力について不安を感じたに違いないのだ。

路恂が死んでいた。周瑜の女だったあの路幽も生きていて、張飛暗殺の主役を演じて死んだという。致死軍には、指揮をする者がいなくなったのである。

路輔という、周瑜の血を受けた息子が、いずれ張昭の養子に入るのだということを、陸遜はこの間聞かされたばかりだった。

致死軍だけは、自分の下に置いておきたい、と陸遜は思った。それならば、張昭にも異論はないはずだ。そのためには、まず戦で力を見せることだった。路恂に代る指揮者は、いずれ自分で育てればいい。

夷陵、夷道の軍の展開は、いささか緩いものに変えた。隙を作ったというのではなく、両地の軍が動きやすいようにしたのだ。それは、防御がいくらか甘くなるということにはなる。淩統など、夷陵死守派は、かなり強硬に反対してきたが、陸遜は受けつけなかった。

夷陵で止めるか夷道で止めるか、陸遜はまだ決めていなかった。決める必要もない。すべての戦況が、いまから読めるわけではないのだ。やわらかく、そして素速く対応するのが、韓当の言う戦の虚実だと、陸遜は考えはじめていた。

本営を夷道に退げ、夷道から江陵にかけて展開していた七万を、少しずつ本営の周辺に移動させた。

蜀軍の動きは、突然速くなっている。本隊が白帝に到着するまでは、ゆっくりした進軍だったが、白帝からは三日で重装備の歩兵が到着していた。そして劉備の本隊も、すでに白帝を進発した。

　重装備の歩兵を先に動かしたということは、騎馬で揉みに揉んでくる戦をする気はないのだろう、と陸遜は読んだ。騎馬戦むきの地形ではない。じわじわと、陣を構築しながら押してくるつもりだ。

　陸遜が恐れていたのは、蜀軍が船を使うことだった。夷道まで、流れに乗って強引に突き進んでくる。水戦をやるためではない。兵を夷道に上陸させるためだ。それと陸上からの攻撃の、両面作戦でこられたら、厄介なことだった。

　水軍は、確かに精強だが、流れに乗ってただ突き進んでくる船隊は、止めるのに三倍から四倍の船を必要とする。精強というのは、あくまで水戦になった時だった。

「陸遜殿、話したいことがある」

朱然がやって来て言った。徐盛も一緒である。呉軍の中の、最強硬派だった。

「お二人とも、私が動かないのが御不満なようですな」

「蜀軍の本隊が、秭帰に到着しはじめている。劉備も、数日中に到着するだろう。すぐに秭帰を出て、進撃してくるぞ」

「でしょうな、朱然殿」

「でしょうなとは、また気軽に言われるではないか、陸遜殿。蜀軍の先鋒が巫を抜いた時から、すでに荊州は侵されているのですぞ」

「攻めてくる蜀を、呉が迎え撃つ。だから、呉の領土が一時的に侵されているのは、当たり前ではありませんか」

「当たり前ですと？」

「領土を侵されているから、われわれはここにいる。そして、戦に備えている。それとも、長江を遡上し、蜀に攻めこむのが戦だと言われるか」

「口では、なんとでも言えるのだ、陸遜殿。現実は、蜀軍が攻めこんできている。それなのに、軍権を与えられた陸遜殿が、戦を避けているような気がする。それで、われらもこんなことを言いに来た」

「戦は、します」

「いつやるかなのだ、われらが言っているのは。すでに、遅すぎるかもしれん。手を拱いている間に四百里（約百六十キロ）も侵されているのだ。われらもすぐに秭帰まで進み、蜀軍を打ち砕くべきではないのか」

朱然も徐盛も、殺気立っている。そういう殺気は、実は戦では必要なものだ、と陸遜は思っていた。しかし、いまはまだ戦をやるつもりはないのだ。

「軍議を開いて、諸将の意見を聞くべきであろう。われらは、それを陸遜殿に頼みに来た」

押し殺したような声で、徐盛が言った。

「軍議など、必要ない。夷陵、夷道の間のどこかで、敵を止める。それまで、動くことは許さん」

徐盛の表情が、はっきりと変った。朱然が驚いているほどだ。

「軍権は、私が与えられた。負ければ、死ぬ。それは心に決めている。だから諸将にも、私の思う通りのことを要求する。いまはただ、耐えるのだ」

「腰抜けが」

陸遜は立ちあがった。無意識に、剣の柄に手をかけていた。本営の居室には、ほかに誰もいない。朱然も徐盛も、剣を抜ける構えを取った。

「腰抜けと聞えたがな」

違う声がした。ふらりと入ってきたのは、韓当だった。ちょっと酔っているようだ。

「自分のことを言ったのか、徐盛？」

「韓当将軍、私は陸遜殿が」

「腰抜けと聞えたな。老いぼれて耳が遠くなった私にも、はっきり聞えた。自分のことを言っているのかと思ったぜ」

「戯れ言はおよしください」

「戯れ言なものか。おまえ、はじめての戦の時に、泣いていたな。小便を洩らし、糞までひり出した。そして、ほんとうに腰を抜かした。そういうやつが、人に腰抜けと言ったりするもんだ」

韓当は、徐盛の背中に手を回し、にやりと笑った。

「恥じることはない。みんなこわいのだ。私は、おまえにそう言った。憶えているか？」

「それは」

徐盛の顔が、見る間に紅潮し、頬のあたりが小刻みにふるえた。

「腰抜けだったおまえが、次第に戦で力を出すようになった。私が、おまえに言い続けたことがあったよな。こわい時は、突っ走ろうとするな。死ぬ間際まで、指揮官の声だけを聞いていろ。違ったか？」

徐盛が、紅潮した顔をうつむけた。

「朱然、おまえは、敵を前にして、二度逃げた。若いころのことだが。殿の幼馴染みということで、文官としては出世した。しかし、おまえは将軍を夢見た。いまでこそ立派な将軍だが、校尉のころは、臆病で使い方に困ったものだ」

「誰にも、若いころはあります、韓当将軍」

「私も、それをあげつらう気はない」

「ならば」

「指揮官に、圧力をかけている。そこが、私は気に入らん。おまえは、所詮は追いつめられて、二度も逃げ出した男なのだ。国の命運がかかったこんな戦の時は、それを思い出せ。そうしてこそ、ほんとうにおまえが夢見た、立派な将軍になれる」

「私は、いま闘うべき時だ、と思っているだけです」

「では、部下を率いて行けばよかろう」

「これは、韓当将軍のお言葉とも思えません。私だけが闘うのは、軍令違反ですぞ」

「指揮官が若いからといって、圧力をかけるのは軍令違反ではないのか。私が指揮官だったとして、おまえは圧力をかけられるか。逃げるおまえの襟首を摑んで、引き止めてやった私に」

「いまは、国家存亡の秋だと思うからこそ」

「なにも言わぬ。こういう時こそ、黙々と耐える。それができるようになれ。殿が軍権を与えられた指揮官に、黙って従う。それができぬと言うから、部下だけ率いて自分で闘ってこいと申したのだ」

朱然が、唇を嚙んだ。

韓当は、都合よく居室の前を通りかかったわけではないだろう、と陸遜は思った。多分、だいぶ前から気配を察していたのだ。

韓当が、居丈高にこういうことを言うのを、陸遜ははじめて聞いた。特にこの陣に来てからは、寡黙な一校尉に徹していたのだ。

考えてみれば、自分や淩統と違い、朱然や徐盛は、韓当、程普、黄蓋という、老将軍の調練を受けて、校尉になったのだ。韓当の言うことは、父親の言葉にも似て聞えるのかもしれない。自分や淩統は、周瑜に鍛えられてきた。

「赤壁の時、私は息子のように若い周瑜将軍に従った。ただひとり、いくらか反抗的な態度を取った黄蓋も、曹操を諜略に嵌めるためにそうしていたにすぎない」

「陸遜殿がお若いから、そう申しあげているのではありません。わが軍は、蜀軍阻止のために動くべきだ、と申しあげているのです。この気持は、相手が誰であろうと変りありません」

「おまえは、ただ耐えられなくなっただけだ、朱然」

言って、韓当はいきなり朱然の頬を一度叩いた。

「領土が侵されているのが我慢できないなら、なぜ巫を攻められた時、強硬に反撃を主張しなかったのだ。四里であろうが四百里であろうが、領土を侵されていることに変りはあるまい」

「四百里も侵されることが、我慢ならなかったのです」

「つまらぬ言い繕いをするではないか、朱然。おまえはこの戦について、どれほど考えた。陸遜殿ほどに、考えて考え抜いたか？」

「私は」

「言うな。おまえはただの若造だ。指揮官のやり方には、従うのが軍人だぞ。この分では、攻めろ攻めろと言っているおまえが、不利になったら最初に逃げ出すだろうな。その時は、もう襟首などは摑まぬ。私がこの手で、おまえの首を引き抜いてやる」

朱然も、うつむいた。

「兵の調練でもしていろ。ほかのことは考えるな。それが、軍人だ」

朱然はもう、なにか言い返そうとはしなかった。また唇を嚙んで、うつむいただけである。

朱然と徐盛が去ると、陸遜は二人だけで韓当とむかい合う恰好になった。

「私のために、あえて憎まれ役を引き受けられましたか、韓当将軍？」

「なんの。あの者どもは、私の息子同然。戦場で、軍人がどうあるべきか、教えてやっただけです。それも、当然持つべき心得のようなものをです」

「険悪な雰囲気になりかかっていました。私は、助かりました」

「闘う方が、楽なのです。だから軍人は、敵を前にすると、すぐ闘いたがるのです。陸遜殿は、耐えておられる。私には、それがよくわかります」

「楽ですか、闘う方が」

「相手が精強であればあるほど、闘う方が楽なのです。これは、四十年に及ぶ、私の軍人としての生活から、はっきり言えることです。私が見てきたかぎり、耐えた者の方が勝ちます」

「お礼を申しあげます、韓当将軍。私は将軍がこの陣に加わられることを聞いて、いささか危惧を抱いておりました。まず、将軍を説得するところから、はじめなければならないのかと」

「勝敗は、私にもわかりません。赤壁の時は、実は勝てるとさえ思っていませんでした。しかし周瑜将軍は、風を待って耐えに耐えられました。勝利が見える。そういう人が、軍人の中にもいるのかもしれません」

「私には、実はなにも見えていないのです。決戦場を、夷陵にすべきか夷道にすべきかということも含めて」

「それでいいのだ、と思います。周瑜将軍も、十倍する敵に、勝てるという見通しは持っておられなかった。しかし、勝った。なにか、私には見えないものが見えていたのだろう、といまにして思います。軍人は、特に指揮官は、気持に映し出されてくるものを、信ずるべきです」

「他人の意見より、自分の心の中を信ずるべきだ、と私は韓当将軍に教えられた、という気がいたします」

「私ごときが、陸遜殿になにを教えられます。ひたすら闘いに生きた、老兵にすぎません」

それでも、助けられた。自分でそう思っていればいいことだと思い、陸遜はそれ以上執拗には言わなかった。

「ついに、蜀の主力が進みはじめました、韓当将軍」

「らしいな」

「私は、まだ迷っています」

「そんなことを、一校尉たる私などに申されるべきではない。大将は、ひとりで迷い、悩み、苦しむものだと思う。私が赤壁に従軍した時は、周瑜将軍がおられた。すべての苦しみは周瑜将軍ひとりが引き受けられ、私はただ闘うことだけを考えていた」

その周瑜の苦しみを、側近の校尉として陸遜はそばで見ていた。あの時、周瑜がむかい合っていた敵は、いまの蜀軍よりはるかに強大だったのだ。

「蜀軍との決戦となった時、韓当将軍には水軍の指揮をお願いしたい、と思っているのですが」

「私は、いまの部隊とともにいたい」

「しかし、中軍です。最も激しくぶつかり合うところになるかもしれません」

「望むところだ、陸遜殿。程普や黄蓋と較べて、私は長生きをしすぎている。華々しく死ねる戦場には、もう出ることはないという気もする」

「韓当将軍を死なせるようなことがあっては、殿にお合わせする顔がありません」

「私が死に場所を求めている。それは殿が一番よく御存知だ。だから、この戦線へ出ることも許された。しかし、死ぬために闘うのではないぞ。生死を超えたところで、戦場に立ちたいのだ」

かすかに、韓当はほほえんだようだった。

指揮官に対する拝礼をして、韓当は出ていった。

夷陵か夷道か。陸遜はすぐにまた、それを考えはじめた。決められることではない、という気もする。実戦の中で、五感のすべてを使い、虚と実を見きわめるのだ。虚実は、たえず、変幻の中にある。

四日経って、致死軍が戻ってきた。

驚くべき迅速さである。普通の部隊なら、十二日以上かかったところだ。

路恂がいなくても、的確な命令さえ与えれば、致死軍は動く。

「路輔殿が成人され、致死軍を指揮したいという意志を持たれるまで、おまえたちは私の麾下に置く。路輔殿は張昭殿の養子として、文官の道を選ばれるかもしれん。その時は、新しい指揮官をおまえたちで選べ」

山越族は、いまのところまとまっている。致死軍の働きで、税もかなり減免され、他の少数民族より暮しむきはよいという。

蜀を打ち払えば、次の相手は魏である。致死軍が働ける場所は、いくらでもあるのだ。魏、蜀を討ち、天下を統一する道は、まだ遠い。いや、それよりも、今度の戦で間違いなく、致死軍は使える。

「おまえたちが働くかぎり、山越族に対する扱いは、路恂が生きていたころと、なにも変るることはない」

致死軍の校尉六名を前に、陸遜はそう言った。

戦塵の彼方

1

蜀は、臨戦態勢一色だった。

漢中の魏延の軍二万は、いつでも出動できる準備が整っているようだし、白水関にも待機命令が届いている。

江州の趙雲の軍が、二万にふくれあがりながら、白帝にむかっていた。成都でも、募集した新兵の調練がなされているようだ。

馬超は、そういう騒ぎから遠いところにいた。白水関から西へ二百里（約八十キロ）の山中で、二百ほどの麾下の兵と暮していた。白水関の軍は、馬岱に任せてある。

馬岱は、一軍の指揮ができるほどまでに、成長していた。ただしそれは命令があってのことで、大局の判断となると、どこか心もとないところがある。部将としてなら、充分に力を発揮できるだろう。

蜀軍は、七万が荆州に進攻していた。それに、数万の少数民族が参軍してきているようだ。孔明は、劉備を止めきれなかった。止めきれないがゆえに、綱渡りのような賭けに出た。荆州に進攻すると同時に、雍州にも軍を出そうとしている、と馬超は読んでいた。

戦略としては、卓抜なものだ。

魏は、荆州北部に兵力を集中させるはずだ。長安は別としても、雍州西部は手薄になる。二つの戦線を抱えざるを得なくなるし、合肥に火がつけば、三面作戦ということになってしまう。孔明のことだから、当然合肥に火がつく工作はしているだろう。

孫権という男が、なにを欲しがっているのか、馬超にははっきりと見えてきた。長江である。長江の利を十二分に生かすためには、荆州が必要である。同じように、合肥も奪らなければならないのだ。合肥は、魏が長江ののど首に突きつけた剣の役割を果している。奪れる時を、孫権が逃すはずがない。

そう考えると、綱渡りだとしても、孔明の戦略の非凡さは、認めないわけにはいかなかった。綱は、渡りきれば勝ちである。

ただ、馬超にはひとつ、欠けているものが見えた。張飛である。荊州に進攻した蜀軍に張飛がいないということが、相当孔明の戦略を狂わせるだろうという気がした。

張飛は、戦で死んだのではなく、暗殺だった。閬中の陣営を訪った時、なにか肌にいやな気配が触れてきた。張飛が酒浸りだったので、誰もがそっちの方を気にしていたようだ。副官の陳礼にはそれを伝えていたが、どうしようもなかったのだろう。

暗殺者は女だったという。女だから、殺せた。男が相手なら、隙は見せなかっただろう。妻を失った心の隙間に、暗殺者は多分巧妙に入りこんだのだ。

なぜか、気が合った。自分が出会った男たちの中で、最強だったと言ってもいい。構える蛇矛には、不思議な気が籠っていた。兇暴ではなく、人を魅きつけるような気だった。荒々しいと誰もが言うが、決してそれだけの男ではなかった。

どうでもいい、と馬超は思う。張飛も自分も、この乱世で死ななかった方がおかしいのだ。惜しいと思うのは、意味のないことでもあった。

劉備の怒りも、孔明の戦略も、馬超にはどうでもいいことのように思える。もっと違うなにか、自分の知らないなにかが、この世界にはあるのではないか。いまはただ、そういうところに身を置いて、穏やかに暮してみたい。

この山中が、自分が知らない世界というわけではなかった。それどころか、ここにさえも血の匂いが漂っている。

山ひとつむこうに、二千人ほどが住む羌族の村がひとつある。そういう村が、広大な山中に二十はあって、最も遠いところは、さらに八百里（約三百二十キロ）も西で、その二十の村が一族ということになっていた。深く高い山中に、その西の村はある。一族の長も、そこにいた。

山の恵みが、豊かである。本来なら、静かに暮していける村のはずだ。だが、しばしば賊徒に襲われるようになったのである。村の蓄えを奪い、若い女を奪う。穏やかだった村が、踏み荒らされはじめたのだ。

馬超は、何度かその山中に出かけ、数日を過ごすことをくり返してきた。

その土地が、好きであった。朝の気配が、人の穏やかさが、山の姿が、かぎりなく気持を落ち着かせてくれたのだ。涼州の砂漠ほどに、鮮烈ではなかった。代りに深い森があり、谷川があり、山をどこまでも登っていくと、やがて土と岩と小石の荒野になった。そういう土地の変化も、馬超を魅きつけた。

「もう、到着するころではないかな」

村の長から、馬超に救援の依頼があった。一度、山中で遭遇した賊を追い払ったことを知ったのだ。どの村も、乱世とは無縁の深山で、長い平和に馴れて闘うやり方を知らなかった。

西の村から、族長が馬超に会うために旅をしてきている。山中ゆえに十日はかかる旅で、馬超は族長の到着を待っていたのだ。

「賊徒の規模は、二千ほどのようです。雍州の山地を根城にしているという話ですが、どこかは定かではありません」

雍州では、小叛乱が頻発していた。中原の民と同等に扱われていないという思いが雍州の民にはあり、その傾向は涼州に行くとさらに強くなる。中原の支配者に苦しめられた、長い歴史があるのだ。

賊徒は、小叛乱で追われた者たちの集まりだろうと、馬超は見当をつけていた。

「雍州には、張衛殿もおられるという話ですが」

牛志が言った。もともと馬岱と並んで馬超の副官だったが、馬岱に軍を譲ったという恰好なので、いまは側近というところだ。牛志も、戦をやらせればうまいが、どこか倦んでいる。乱世そのものに、倦んでいると言ってもいい。

雍州にいる張衛については、いい噂は聞かなかった。叛乱をそそのかす。それだけではなく、叛乱に乗じて、城郭の倉を襲ったりする。いまでは、二千ほどの流浪の軍になっているようだ。流浪なら流浪でいいが、若いころに抱いた天下への夢を、捨てきれずにいることが、馬超にはよくわかった。

一度は潰えた張衛の夢を、再び呼び醒したのが、劉備と曹操の漢中争奪戦だった。わずかな兵力で、五十万の曹操軍を打ち払った劉備を、張衛は目の当たりにしたのである。

五斗米道軍を指揮しながら、曹操の侵攻を受けると、ほとんど闘うこともなく逃げ出した過去が、張衛にはある。

「張衛殿も、どこかで枯れるのでしょうか？」

「枯れきれんな、あの男は。力のかぎり闘ったという思いがないのだ。一度でも力のかぎり闘えば、捨てる夢は捨てられる。あの男は、結局夢に食い殺されることになる、という気がする」

「馬超様は、お嫌いではないではありませんか」

「どこか、頼りないところがあったからな。しかし、これは生き方の問題になってしまう。俺には、夢などないまま、遮二無二闘って、それでもういいというところがある。もう沢山だとな。張衛には、それがない。なにかができる、と思い続けているのだ」

「戦で死にきれなかった呂布。いつだったか、亡くなられた張飛将軍が、馬超様のことをそう申しておられました」

「呂布という男にも、夢などなかったのだろう。天下への夢などはな」

砂漠にひとりでいるのが、馬超は好きだった。いまは、山の中が好きになった。もともと、そうやってひっそりと生きる方が合っている。曹操や劉備や孫権とは、人間としてのありようが違うのだ。

張飛とは、似ていたかもしれない。しかし張飛にとっての劉備のような男が、自分にはいなかった。

山中では、幕舎など張らない。木の枝を組んで小さな小屋を作り、それで雨や寒さをしのぐ。樹液の匂いのするようなその小屋も、馬超は嫌いではなかった。

さらに二日待って、ようやく村から知らせが来た。

西の村からやってきた族長は、白い髭を蓄えた小柄な老人だった。西の村には、一万人ほどが住んでいるという。一族全部で、五万に満たない。それが、広大な山岳地帯でひっそりと生きているのだ。

「羌族ならば、涼州にもずいぶんといました。もっとも、山に住む羌族とは、ちょっと違うような気がしますが」

「もともとは、こういう生活をしていたのです」

村の家は、土を固めて壁を作り、屋根には木の皮を葺いてあった。大きいものも、小さいものもある。出された酒も、米から造ったものではないようだ。

「涼州の羌族には、漢民族の血がかなり入っています。それが悪いこととも言えません。民族だけで小さくまとまっていると、なにかあれば潰されます」

「しかし、この山の羌族は」

「漢の血も入っております。山に流れてくる人もまた、少なくはないのです」

老人は芒秘という名だった。芒という姓は、涼州でもよく聞いた。

芒秘が、じっと馬超を見つめてくる。

「音に聞えた、涼州の馬超様とは思えぬ、穏やかな眼をしておられます」

「けだもののような男、と思われていましたか」

「しかし、骨格は馬騰様にそっくりです」

「ほう、父を知っておられますか？」

「知っております。会ったのは一度だけですが、私の従兄に当たりますのでな」

「従兄？」

「馬騰殿の母が、私の母の姉でした」

祖父が、羌族の娘を娶った。それは聞かされていた。父には半分、そして自分にはそのまた半分、羌族の血は混じっている。

「そのころは、わが一族の村が、隴西あたりにもあったのです。ここ七、八十年で、次第に南へ、それから西へ、追いやられるように流れたのです」

馬超は、祖父については話を聞いただけで、会ったことはない。生まれた時、すでに死んでいたのだ。馬騰は涼州をほとんど制圧していたが、羌族の抵抗は少なかった。それは馬超が統治するようになってからも、同じだったのだ。羌族の血が入っていることを、涼州では誰もが知っていた。

「そうか、私は芒秘殿とも、血縁があるわけか」

「わが一族から出た英雄として、いつも馬超様を見ておりました」

山に入ると、懐しさに似た感情に包まれるのは、ただ好きというだけではなかったのかもしれない。そこで暮す人に対しても、言い知れぬ懐しさがあったのだ。

祖母の一族。そう考えると、自分の気持はよく理解できる。

「私の祖母が、芒秘殿の伯母か」

「時々、白水関を出て山に入られると聞き、馬超様の躰にはやはりわが一族の血が流れている、と私は思いました。山こそが、わが一族の血を育み、死ぬる時は山に抱かれて土に還るのです。何代も、そうやって静かに暮してきました」

「それがいま、賊徒の脅威に晒されている、ということですね」

「羌族にも、いろいろあります。わが一族は、戦などとは無縁であろうとして、山に入ったのです。いざこういう事態になると、気持だけが先走り、ほんとうに闘える男がいないのです」

「せめて四、五百人の若者を、そのために調練しておくべきでしたな。手強いとなれば、賊徒は避けて通ります」

「山が守ってくれる。ついこの間まで、私はそう信じて疑っていませんでした。これほどの山中にも賊徒が現われるということは、乱世の混迷が深いということでしょうか？」

「山が守ってくれる。山を自分たちで守る。その二つのうちのひとつが、欠けただけでしょう。乱世は、終熄しつつある、と私は思っています。天下三分の形勢は、これからも長く続くかもしれませんが、それはそれである秩序は作るでしょう」

「馬超様は、蜀の将軍として、それに加わられるのですね？」

「私は、もういいという気分です。天下への夢を持った者が、勝手に争えばいい。ひっそりと暮せる場所を、私は捜しはじめていると思います」

「そうですか。そのような御心境に」

芒秘の眼は、まだ馬超を見つめていた。

「一郡よりも広いこの山中に、五万ほどの人間が暮しています。山の民と申してもよろしいでしょう。私は、族長としてこの五万を守らなければならないのですが、その力はありません」

「若い者の数は、どれほどです？」

「それは、一万でも二万でも」

「その中の一千人で、充分に守ることができるはずです。もっとも、私は点在する村がどこにあり、山の地形がどうなっているか、知りはしないのですが」

「この地域に眼をつけた賊徒は、二千人もおります」

「山は、こちらのものでしょう。地の利が生かせます。罠を仕掛けて近寄らせないことも、地形を使って殲滅することもできます」

「それを、馬超様がしてくださいますか？」

「若い者を一千人、兵として鍛えましょう。それから全体の地形を調べ、各所に百名ずつ配置します。十人の指揮者は、交替で私のもとに置きます」

「それだけしてくださって、馬超様が望まれるものは」

「この山で、私が暮すことを許していただければ」

「なにかをなされなくとも、それはできることです」

「私は、穏やかに暮せる場所が、欲しいだけなのです。そして、山の恵みを、いくらか分けていただきたい」

「世を捨てられるのですか、あの馬超様が」

「それほど、大袈裟な気持でもありません。人の世の、野心や欲というものから、ほんの少し離れていたいだけなのです」

「戦乱を避けて山へ入った、わが一族の血を、やはり馬超様はお持ちのようですな。いや、お目にかかりに来て、よかったと思います」

　それから芒秘は、ここ数百年の一族の歴史を語りはじめた。それは長い歳月をかけた、流浪の歴史と言ってもよかった。

　ひと夜、芒秘と語り明かした。

　白水関から使者が来たのは、翌日の夕刻だった。

　張衛の一行百名ほどが白水関に現われ、袁綝を連れ出したまま戻ってこない、という知らせだった。今朝のことだという。

「馬超様がお呼びであると、言葉巧みに誘い出しました。馬岱様もはじめは信用しておられましたが、西へむかった一行が、突然東に方向を変えたので、おかしいと思われたのです」

張衛が袁綝を連れ出した意味を、馬超は考えた。人質に取って、自分をうまく利用しようとしているのか。それとも、ただの戯れのようなものなのか。

袁綝は白水関にいて、馬超は月のうち四、五日しかそこに帰らなかった。なにをしたわけでもないのに、袁綝が夫を見るような眼で自分を見ている、という感じがするのがいやだったのだ。思い過しかもしれない。

以前の張衛が連れ出したのなら、気晴しでもさせるのか、と思っただろう。いまの張衛は、どこか違う。いやな感じがこみあげてくる。多分、馬岱もそうだったのだろう。だから、すぐに知らせを寄越した。

「牛志と、百名の兵を残して行きます。とりあえず、芒秘殿はそれぞれの村から若い者を出させて、一千名を揃えてください」

「馬超様が、それを鍛えてくださるのならば、集めます。秘伝となっている山岳地帯の詳しい地形も、お渡しいたします」

「大袈裟に考えないことです、芒秘殿。千名以外の人々は、ゆったりと暮しておられればいい。いままで通りに」

「お願いした甲斐がありました。賊徒に追われて、流浪を一族に強いるのは、つらいものがございましたので」

芒秘が、深々と頭を下げた。

陽が落ちるのと同時に、馬超は半数の兵だけを連れて白水関にむかった。

2

袁綝は、しばしば休みたがった。

急ぐ旅ではない、と張衛は思っていた。袁綝を手中にしても、やらなければならないことは多くあった。その準備は、いま高豹がやっているはずだ。

「孟起があたしを連れて来いと言ったのは、嘘ではないのですか、張衛殿？」

「嘘と言うと」

白水関を出発して、三日目になっている。

「いまは、雍州にむかっているような気がいたします。それもわざわざ深い山を通って。雍州に、孟起の軍務があるはずはありません。魏の領土なのですから」

軍務で半年以上帰れない。それもひそかな軍務なので、目立たないように来てくれ。馬超からの伝言として、張衛は袁綝にそう伝えたのだった。

馬超が呼んでいる。それが、袁綝の判断力を一時的に麻痺させた。場合によっては、攫うようにして連れ出さなければならないかもしれない、と肚を決めていたのだ。馬岱には別の嘘でとり繕ったが、大きな疑念は抱かれなかったようだ。

ここまでは、想定した以上にうまく運んでいる。袁綝があまりうるさくなれば、縛りあげて運ぶしかなかった。

それにしても、漢中にいたころの袁綝はまだ子供だったが、いつの間にか匂い立つような大人の女になっていた。見つめていると、思わず手を出したくなっている自分に気づき、張衛はしばしばはっとした。

女としての袁綝を、張衛は必要としているのではなかった。伝国の玉璽を持つ者としての袁綝が必要だったのだ。

「張衛殿、軍務ではないのですね？」

「なにを考えている、袁綝。馬超や私に、まともな軍務があるとでも思っているのか。曹操が漢中を五十万の大軍で攻めた時、私と馬超は山中にいて、長安からの糧道を断つ仕事をしていたのだぞ。馬超軍の指揮は、馬岱で充分なのだからな」

「それは、知っています。でも、蜀はいま、荊州に進攻中なのですよ」

「いずれ、雍州にも進攻する。当たり前のことだろう。関羽殿のことがなければ、すでに進攻していたはずなのだからな。その時のために、私と馬超は、山中にひそかな拠点をいくつも作らなければならん。雍州の民の心を摑む仕事もしなければならん」

「孟起は、なぜ張衛殿を迎えに寄越したのですか？」

「何度も言ったろう。ほかに任せられる人間がいなかったので、私が申し出たのだ。いまは山中より、人の心を摑む仕事の方が多いからな」

袁綝は、張衛の眼を見ようとしない。下女を二人と、大きな白い犬を連れているだけで、邪魔ならば斬ればいい、と張衛は思った。

雍州で、伝国の玉璽を持った袁綝を担ぎ、叛乱を糾合する。いまのままでは、小叛乱が潰されるだけだ。叛乱には、中心が必要である。それはなにも、英雄でなくてもいい。漢王室の血でもよければ、宗教の教祖でもいい。伝国の玉璽を持つ、袁家の娘。これは、叛乱の中心に置くには、絶好だと張衛は思った。なにより、自分で操れるのだ。

「とにかく、不満ならば馬超に会ってから言え。私も、こんな仕事に駈り出されたくはなかったのだ」

袁綝は、やはり張衛の眼を見ない。

「出発するぞ」

張衛は言った。

馬では通れない場所の方が多い。そういう時は、手綱を引いて歩かなければならない。少し歩くと、動かなくなるということを袁綝はくり返していたが、いまはなぜか元気に歩いていた。

夕刻前に、袁綝は疲れたと言いはじめた。

張衛は、袁綝が寝るための小さな幕舎を張らせ、火を焚いた。寒い季節だが、いまのところ雪は少ない。

このあたりの山中も、張衛は庭のようによく知っていた。五斗米道軍を指揮していたころは、漢中から軍を率いてよく巡回したものだった。調練と巡回。五斗米道軍で自分がやってきたのは、それだけだったという気がする。本格的な戦はついにしないまま、五斗米道は曹操に降伏した。

担ぎあげる人間が間違いだった、といまでは思っている。五斗米道の家に生まれたからといって、兄の張魯を担ぐ必要などなかったのだ。信仰を拠りどころにして兵を闘わせようとしたから、張魯の意志には逆らえない軍になってしまった。

今度は、担ぐ相手を間違ってはいない。なにしろ、伝国の玉璽が一緒だった。担がれて叛乱の中心になれば、袁綝も諦めるだろう。いや、はじめから納得するかもしれない。なにしろ馬超は、伝国の玉璽をただの石と言って憚らないのだ。それを大事に持ち続けている、袁綝の気持を理解しようともしない。

五名を、歩哨に立てた。五斗米道軍のころのように、調練が行き届いた兵ではない。負け犬が群を作ったようなもので、つらい歩哨などはいやがる。混乱の中では、すぐに略奪をしたがる。そして強敵には背中を見せる。

それでも、ずいぶんとましになってはいた。人数が減るのはいとわず、ある程度の調練は課してきたからだ。

火のそばで、まどろんだ。袁綝は、二人の下女とともに幕舎の中だ。身動ぎの気配で、張衛は眼だけを開けた。

幕舎から這い出した袁綝が、周囲を窺っていた。それから、前屈みになって出てくると、闇にむかって歩きはじめた。歩哨は、立たずに腰を降ろしてしまっているようだ。眠っているのかもしれない。

袁綝の姿が闇に紛れた時、張衛は腰をあげ、葉擦れの音さえ立てず、闇の中を走った。先回りをする。しばらくして、袁綝の淡い朱色の着物が、闇の中に浮かびあがってきた。

張衛が立ち塞がると、袁綝は短く息を呑んだようだった。

「用を足すには、遠すぎる場所だ、袁綝」

「尾行たのですね、あたしを？」

「大事な躰だ。消えられては困る」

「孟起が待っているというのは、やはり嘘なのですか？」

「私は、伝国の玉璽と、それを持っているおまえが必要なのだ。馬超など、どうでもいい。雍州には、叛乱の芽が無数にある。それをひとつに糾合したいのだ」

「なぜ？」

「雍州を制すれば、涼州は靡いてくる。雍、涼二州があれば、蜀や呉と拮抗する力を持てる。連合すれば、魏を圧倒することも不可能ではない」

「なんのために？」

「男ならば、天下に対する夢を抱いている。おまえの父も、そうだっただろう。伝国の玉璽を手にして、天下統一を夢見たのだ。それが、娘のおまえに受け継がれても、なんの不思議もない」

「そうですか。張衛殿は、この玉璽が欲しかったのですか。孟起は、これを欲しがったことはありませんでしたが、父の形見としては扱ってくれました。私も、父なる人の形見だと思っています」

「そんなものではない。もっと大きな意味を持ったものだ」

「もの心がついたころから、あたしと玉璽を利用しようという者たちの中で、育てられてきました。でも、利用できた者などいなかった。なぜなら、ただの石で、形見としてあたしだけに価値があるものだからです」

「利用の仕方を、知らなかっただけだ」

「これを、孟起に預けていたことがあります。戦の間も、大事に持っていてくれました。そして、返してくれましたわ」

「とにかく、私に使わせてみろ、袁綝」

いまが、時だった。蜀が、荆州に攻めこんでいる。雍州の魏軍は、呉の側面を援助するために、長安から荆州北部にかけて展開していて、雍州西部は手薄なのだ。おまけに、涼、雍二州の押さえとして赴任してきた張既という男は、自信がないのか強いことは言わず、連れてきた軍勢もわずか一万だった。

その気になれば、雍、涼二州に手が届く。叛乱を糾合するだけで、軽く五万六万の軍になるのだ。張既がもたついている間に、制圧することは難しくない。

馬超が曹操に敗れたのは、反曹操のまとまった勢力がなかったからだ、と張衛は思っていた。孫権は周瑜を失ったばかりだったし、劉備は益州を手に入れようと動きはじめたばかりだった。つまり、単独で馬超は曹操と闘ったのだ。

いまこうして袁綝を押さえているのは、雄飛する機を摑んでいることと同じだった。こうやって袁綝を使える日が来るのを、じっと待っていたという気さえしてくる。

「かつての馬超のように、私は雍、涼に君臨してみせる。漢中を治めて、天下を見据えていた時期が、私にもあるのだ」

「いつも、人の力を当てにするのですね、張衛殿は。漢中では五斗米道を当てにしていました。あれも、兄の張魯殿の力があってこそでしょう。今度は、あたしのような女と、ただの石に過ぎない玉璽を当てにしています。そういう人に、天下を語る資格などありませんわ」

「私が、他人の力を当てにしているだと？」

かっとこみあげてくるものを、かろうじて張衛は押さえこんだ。

「乱世は、頭の使い方なのだ、袁綝」

「なら、もっと男らしいことに頭を使うことです。女の力など当てにせずに」

「力のある男かどうか、自分で試してみればいい、袁綝」

気づいた時、張衛は袁綝を草の上に押さえつけていた。月が、袁綝の乳房を、異様なほど白く照らし出している。

俺の女にしてやる。張衛はそう思った。思った時は、再び手が動きはじめていた。抗おうとする袁綝の脇腹に、拳を打ちこんだ。

袁綝の裸体が、草の上でぐったりしていた。張衛の放った精を、注ぎこまれた躰である。こうしてしまったことが間違いではない、と張衛は思った。袁綝は、張衛に従順であるべきなのだ。それでこそ、血と玉璽が生かせる。自分の意思がそのまま伝わる、人形のようにしておけるのだ。

それに、いい女だった。漢中で抱いていた信者の女と較べると、神々しいと思えるほどだった。自分が帝になった時、皇后にして恥しくない女でもあった。

身を起こした袁綝が、うなだれたまま身繕いをするのを、張衛は黙って見ていた。

袁綝は、張衛と眼を合わせない。月の光からも顔をそむけているので、どういう表情をしているかよく見えなかった。

「心配するな、袁緋。歩哨に見られても、おまえがただ用を足すために幕舎を出たのだ、ということにしておいてやる。これで、気持も決まっただろう。私と一緒にいれば、いずれ天下というものを見せてやる」

袁緋は、なにも言わず、歩きはじめた。月の光が、草の上に袁緋の影を落としている。

歩哨は、やはり居眠りをしていた。張衛は、袁緋が幕舎に入るのを見届けてから、火のそばに腰を降ろした。

すぐに夜明けだった。

何事もなかったように、袁緋は二人の下女と一緒に幕舎を出てきた。白い犬だけが、姿が見えない。どこかに逃げ出してしまったようだ。

「私が行こうとしているところまで、あと三日の行程だ。おまえがしっかり歩いてくれればの話だが」

張衛が言っても、袁緋はただうつむいているだけだった。

兵たちが、進発の準備をはじめる。

袁術の娘と、伝国の玉璽。揃うものは揃った、と張衛は考えていた。あとは、自分の闘い方次第なのだ。

「進発」

張衛は、肚の底から声をあげた。

3

十五名ほどを、馬超は連れていた。

張衛が去った道がどれかはっきりしなかったので、百名を四隊に分けたのである。馬岱は、成都からの待機命令で、軍を動かすことはできない。また、必要でもなかった。迅速に動くには、小人数の方がいいのだ。張衛が連れていたのは、百名ほどだったという。

なぜ張衛が袁綝を攫わなければならないのか、馬超は考え続けた。袁綝に、男としての思いを抱いていた、ということはないだろう。では、なんの意味があるのか。

「まさか」

ひとつのことに思い到って、馬超は呟き声をあげた。

かつて自ら皇帝と称した、袁術の娘。そして、伝国の玉璽。その二つを、張衛は欲しいのではないのか。

張衛がこのところやっていたのは、叛乱の煽動である。ほとんどが、魏の領内だった。心の底のどこかに、曹操に屈したという思いがあり、魏にこだわるのだろう、と馬超は思っていた。

しかしいま、叛乱にどういう意味があるのか。ひとつひとつ、蟻を潰すように潰されていくだけだ。そして、張衛が率いている流浪の軍も、少しずつ賊徒に近い性質を持ちはじめている。

袁綝と伝国の玉璽。それで小叛乱を糾合し、大叛乱にしていくことを目論んでいるのか。それがいくらか大きな叛乱になり得たとして、いまそれになんの意味があるのか。

また、妄想を抱いている。五斗米道軍で天下が取れると妄想したように、大きな叛乱を足がかりにして、乱世に雄飛しようと考えている。あわよくば、雍、涼二州を制し、蜀や呉と並ぶ国を作れるとまで、その妄想はふくらんでいるのかもしれない。

「乱世が取り憑いた男だな」

また、呟いた。

妄想なら、ふくらませたいだけふくらませ、皇帝にでもなんにでもなればいい。その妄想さえなければ、馬超の嫌いな種類の人間ではなかった。涼州に、好きだった人間が、いままでにどれほどいるのか。父の馬騰を好きだった。益州には、三人か四人は、好きと思える人間がいた。簡雍がいた。張飛もいた。

しかし、馬超が好きだと思える人間は、ほとんど死んでいた。

それにしても、袁綝を攫うとは、と馬超は思った。心の底に、怒りに似た感情がある。いや、紛れもなく怒りだ。

久しく、怒ることを忘れていた。だから、躰がびっくりしたような反応をしている。ほかの兵たちより、進むのがずっと速いのだ。

「足跡があるな」

百騎ほどの軍が通っている。幸い、雪はほとんどない。馬超は、五騎を斥候に出し、ゆっくり進みはじめた。相手の進路を見誤ったら、意味はない。

三日、進んだ。まだ新しい露営のあとを、いくつか見つけた。

ゆっくりした進み方だ、と馬超は思った。袁綝を連れているからだろうし、追われている切迫感もないのかもしれない。

明らかに、雍州の西にむかっていた。

「遠くないぞ」

馬超は兵たちに言った。みんな、山中の行動には馴れている。この二、三年、麾下を連れて山中を動くことが多かったのだ。

「袁綝を連れている。先に捕捉するのだ。楯にされたりすると、面倒になる」

半日、進んだ。

斥候に出た五人のうちの二人が、駈け戻ってきた。白い大きな犬を連れている。

「風華」

呼ぶと、風華は尾を振りながら馬超に近づいてきた。首に、赤い布を巻きつけている。袁綝のものだった。

「そうか。袁綝はおまえを放したのだな。とすると、袁綝を追えるのではないか？」

風華は鼻を鳴らし、先に立って走りはじめた。時々、立ち止まっては振り返る。明らかに、袁綝のもとに馬超を導こうとしていた。風華についていくかぎり、迷うことなく進むことができる。

先行していた、三名の斥候にも追いついた。

やがて、陽が暮れてきた。すぐ近くにまで迫っている。

「風華、ここにいろ。明るくなるまで、動けん」

襲うだけなら、闇に紛れてということも考えられる。しかし、袁綝を助けなければならない。相手の状態をよく見てとれる、ある程度の明るさはあった方がいい。遠くに、火が見えた。人の声も、かすかに伝わってくるような気がする。夜中に五名だけ先行させ、火のむこう側に迂回させることにした。

火は焚かない。声も出さない。山では、驚くほど遠くまで、声が届くことがある。風華をそばに座らせ、馬超はじっと夜明けを待った。肚の底の怒りは、消えていない。袁綝に対する思いがあって、怒りは増幅されているようだった。

袁綝に対する思い。九歳の時、馬に載せられた籠の中にいた袁綝を、涼州の砂漠で拾った。娘のようにして、育ててきた。家族に対するのと同じ思いなのだ、と馬超は思いこもうとした。しかしどこか、違う。袁綝の姿を思い浮かべると、胸が痛いような感じに襲われるのだ。しかもその痛みが、決して不快なものではない。

風華の息遣い。毛の短い、大きな犬だ。ふだんは、大人しい。いつも、袁綝のそばにぴたりとついている。しかしいまは、風華の熱も感じた。絶対に主人を助け出そうという、心の熱。

風華の背に手をやり、馬超は眼を閉じた。

夜明けが近づいてきた。馬超の心の中でも、なにかが燃えはじめた。

「行くぞ。音をたてずに進め」

小さな声で、馬超は言った。

進んだ。林。岩肌と灌木の繁み。そしてまた森。緊張というより、ときめきのようなものの方が、馬超の心の中で大きくなった。

人の気配。

馬超は、五名を連れて、斜面を迂回した。

百名。大した軍ではない。かつての五斗米道軍の方が、ずっと緊張感は持っていた。眼下を通りすぎる軍は、ただ歩いているだけだ。

片手をあげた。

先行していた五名に、それは伝わったようだ。隊列の先頭で、人声が起きた。袁綝。隊列の中央にいる。いまは馬に乗って進めないので、ひとりの兵が三頭の馬を曳いていた。三人ほどが、先頭にむかって駈け出していくのが見えた。その中に、張衛の姿をはっきり見た。

馬超は、もう一度片手をあげた。

隊列の後方で、叫び声が起きる。馬超は、潜んでいた岩の鼻に躍り出した。次の瞬間、岩から岩へ跳び、袁綝のそばに降り立った。剣。襲ってきた二人を、ほとんど同時に斬り倒す。ほかの者たちが怯んだ。五人で、袁綝を守るという恰好だが、明らかに馬超の方が押していた。

風華も、すでに袁綝のそばにいた。

張衛が、駈け戻ってくる。

殺気立った顔をしていた。馬超が斬り倒した二人に眼をくれ、それから睨みつけてくる。

「どういうことだ、馬超？」

「それは、俺が言うことだろう、張衛。誰に断って、白水関から袁綝を連れ出したのだ」

「事情はある。説明すればおまえにもわかって貰えるはずだが、それより事実を見せた方がいいと思った。雍州で、伝国の玉璽を持った袁綝を中心にして、一大勢力を作りあげる。それは、蜀とも同盟できる勢力なのだ」

「関心はないな、俺には」

「袁綝には、関心があると思う」

「ほう」

「訊いてみろよ」

「あたしは」

袁綝が冷たい声で言った。

「ずっと張衛殿を見てきました。幼いころから、伝国の玉璽とあたしで、なにかをしようという者たちと一緒でしたから。父の遺臣たちには、野心と同時に、あたしに対する思いがありました。主君の娘に対する思いです。張衛殿には、それもない。あるのは、ただ野心だけです」

「そう言っているぞ、張衛」

「袁綝は、伝国の玉璽を持つ者が、この国の主であるということを知らぬ」

「伝国の玉璽の意味ぐらい、あたしも知っています。でも、それを持っていた父は、どうしてこの国の主になれなかったのです。もう沢山です。伝国の玉璽はただの石だと言った孟起だけを、あたしは信用しています」

張衛の見開いた眼が、血が噴き出しそうに赤く充血していた。

「五年だ。五年でいい。私に袁綝と玉璽を貸してくれ」

「薄汚れた男になったな、張衛。それに人の力を当てにするところが、昔とまったく変っていない。五斗米道を当てにして、おまえは大きな失望を抱いたのではないのか？」

「宗教は、駄目だ。教祖がいる。しかし袁綝が私に」

「よせ、張衛」

張衛が、剣を抜き放った。馬超は、ふっと自分が笑っていることに気づいた。

「どうやらおまえの部下は、腰抜けばかりのようだ。俺の部下は十五人いるが、五分の勝負をするだろう。しかし、殺し合いをさせることに、なんの意味もない。俺とおまえで、結着をつけるか」

「私が勝てば、袁綝を貰うぞ、玉璽も」

「好きにするさ」

張衛が、剣を構えた。馬超はまだぶらさげるように剣を持っただけで、二歩張衛にむかって踏み出した。

張衛は、剣を遣える。ただそれが、どこか濁っている。心気が澄んでいない。馬超の敵ではなかった。

「長年の好誼で言ってやる。おまえは俺に勝てん。だから、大人しく去ね」

「勝負は、やってみるまでわかるものか」

馬超は、静かに剣をあげた。それだけで、張衛は怯んでいた。一度剣を構えた以上、馬超は容赦する気はなかった。踏み出す。張衛は、なんとか耐えていた。気を放ち、押し返そうとしてくる。

そこまでだった。耐えきれなくなった張衛の方が先に踏み出し、地を蹴った馬超と擦れ違った。

ふりむき、構え直そうとする。しかし、張衛の右腕はなくなっていた。しばらくして、剣を握った右腕だけが、二人の間に違うもののように落ちてきた。

張衛が退がる。膝を折ろうとする。それを、部下二人が支えた。

「去ね」

剣を鞘に収め、馬超は言った。

「斬ってください、孟起。張衛を斬り殺してしまって」

叫ぶような袁綝の声が、馬超の背中にぶつかってきた。ふりむいた馬超の眼に、張衛を見つめている袁綝の、無表情な顔が映った。

張衛の部下が、退いていく。気配で、馬超はそれを感じた。袁綝の口から、二度と同じ言葉は出なかった。

帰りの仕度をした。袁綝には下女が二人付いていたが、そのほかに大きな持物はなかった。下女が荷の整理をしている間も、袁綝は黙りこんでいた。

先駈けに、五名出した。

袁綝が、林の中に入っていくのが見え、馬超はそれを追った。普通ではない気配があったからだ。

「なにがあった？」

声をかけると、短剣を握った袁綝が、強張った表情でふりむいた。

「張衛と、なにかあったというわけか」

斬れと袁綝が言った意味が、馬超にはようやく理解できた。知っていたら、片腕を落とすだけでなく、斬り殺しただろうか、と馬超は思った。

「なにかあったとして」

「あたしは、汚れたのです。もう、馬超様の妻になることなどできません」

「いつものように、孟起と呼べ、袁綝」

袁綝が攫われたと聞いた時ほどの怒りはない、という気がした。袁綝は、自分の手の中に帰ってきたのだ。短剣を握った袁綝が、不憫に見える。その方が、気持としては大きかった。

「なにがあったかは、訊くまい。しかし、張衛を斬り殺すことによって、それは忘れられるのか？」

「忘れられません。でも、感情が口を衝いて出てきてしまったのです」

「俺は、張衛などどうでもいい。おまえが戻った。その方が大事だと思える」

馬超は、袁綝が握った短剣に手をのばした。

「だから、こんなものは持つな。俺は、どうやら鈍い男らしい。こんなことになって、はじめておまえがいなくなると困る、ということに気づいた」

「あたしは」

「人には、忘れられないことなどいくつもある。それが生きることだ、という気もする。しかし、癒やせる場所もあるのだと思う。俺の腕の中を、その場所にしろ、袁綝」

「命じているのですか？」

「いや。頼んでいる」

袁綝が、短剣を放した。

「これが」

袁綝は、首から下げた箱を差し出した。伝国の玉璽。袁綝にとっては大事なものなのだろうとしか、いままで考えたことはなかった。

「生まれた時から、この玉璽があたしの運命を決してきました。命と同じものだ、と耳に吹きこまれ続けてきたのです。命と同じものだから、捨てきれなかった。死ねば、玉璽を捨てることにもなる、と思ったのです。さっき、ふとそう思いました。躰を汚されたから、という理由だけで死のうとしたのではありません」

「そうか」

馬超は、袁綝の短剣を腰に差し、玉璽の箱に手をのばした。袁綝は黙っている。

馬超は玉璽を宙に抛り、剣を一閃させて鞘に収めた。落ちてきた玉璽は、四つに切れていた。

「驚いたか？」

「いいえ」

「玉璽はただの石になったが、おまえは生きている。玉璽が命などではない」

「いつか、孟起様が、あたしを玉璽から解き放ってくれる。そう信じていました。だから驚きもしません」

「いつものように、呼び捨てにすればいい」

「できません」

「俺の、妻になってくれるか」

「孟起様さえ、許してくださるのなら」

「なってくれ、と頼んでいるのだ」

馬超は袁綝の肩を抱き、部下が待っている方へ行った。

「俺は、天下に夢など持っていない。昔から、そうだった。山の中で、静かに暮したい。夢があるとすれば、それだろう」

「あたしの夢は、孟起様とともに暮す、ということだったと思います」

「いまでも、その夢は捨てていないな？」

「はい」

「山の中の暮しでもいいのだな」

「戦と離れたところがいい、と思っています」

「わかった」

出発の準備は終っていた。馬に乗れる道に出るまで、半日は歩かなければならない。

「歩けるな、綝々？」

「はい」

「あまり、従順になるな。山の中で退屈するぞ。いままでのように、やりたいことはやればいい」

出発した。

とりあえず、白水関へ戻る。片付けておかなければならないことが、いくつかあるからだ。

4

秭帰からの戦況報告は、十日遅れほどで成都に届いた。

いまのところ、大きなぶつかり合いは起きていない。一気に呉軍を秭帰まで押し、そこからは慎重に少しずつ進んでいる。呉軍も、夷陵から夷道にかけての防衛線を強化させているだけで、それ以上の反撃の構えは見せていない。

蜀軍の展開は、白帝から秭帰まで陣営を連らねているというかたちだが、それも徐々に秭帰に集結しつつある。誰の眼にも、懸念することはなにもない、と見えるだろう。

事実、成都でも戦の帰趨については、楽観論が支配しはじめている。

孔明は、夷陵、夷道の呉軍に、かすかだが不気味さを感じた。夷陵から夷道まで百里（約四十キロ）ほどで、それだけ防衛線に幅を持たせているということだった。

攻めこんで、一気に百里を抜けるのか。それとも、じわじわと押し続けるのか。陳礼の騎馬隊が突き抜ければ、確かに有利にはなる。夷道より先は、騎馬隊のためにあるような、広大な原野だ。しかしそれは、呉軍も心得ているはずだった。夷道を抜かせない。呉軍は、そのすべての力を夷道に集中してくるだろう。つまり最終の防衛線は、夷道なのだ。

劉備も馬良も、それはわかっている。だから、いまは力押しを避け、夷道を抜く方策を探っているはずだ。

呉軍にとっては、後詰の構えを取っている趙雲の軍が、不気味になるはずだ。しかし、趙雲がほんとうに後詰をする状態になるのは、最悪の時だけである。速やかに漢中に移動し、そこから雍州に進攻することにならなければ、この戦は負けだった。

魏軍は、長安駐屯の大軍を、徐々に荊州北部に移しつつあった。臣従している孫権を放置はできないが、その臣従が必ずしも信用できることではないので、大軍を見せようとしているだけだろう。

劉備が、夷道を抜いたら、即刻趙雲は漢中にむかい、雍州進攻の構えに入る。魏は合肥あたりが手薄になり、孫権はそちらに手を出そうとするはずだ。合肥を奪ることは、孫権の長年の宿願であり、それによって長江（ちょうこう）の利は完全に生かせるということになる。

魏は、どこを守ろうとするか。合肥か、荊州か、雍州か。孔明（こうめい）もそこまでは判断できず、ただ合肥と荊州の守りに出てくれ、と願うばかりだった。魏は、二つの戦線の維持は楽にできる兵力があるが、三つとなると危険が伴うと考えるだろう。

「陳礼（ちんれい）殿が、風のごとく秭帰（しき）を落とした。あれが、この戦を決するのではありますまいか。それに呉軍には、同盟を破ったという後ろめたさもあるのではないかという気がいたします」

馬謖（ばしょく）が言った。丞相府（じょうしょうふ）の居室である。

戦のことばかりを、孔明は考えてはいられなかった。主力の軍はほとんど外にむいているので、成都（せいと）周辺は空洞にでもなったような状態である。戦に備えるために、徴税も厳しくやった。不平を抱いている豪族もいるはずだが、叛乱（はんらん）が起きないように、わずかな軍勢を終始巡回させていた。戦が長引いた時のことも考えると、徴税の厳しさを緩（ゆる）めるわけにもいかない。

「陳礼殿だけでも、夷道を突破してしまえば、この戦は勝ちです。お若いのに、さすが張飛（ちょうひ）将軍の副官だっただけのことはあります」

荊州の隆中では、陳礼は村から孔明に食事を運んでくるのが役目だった。ほんとうなら、いまごろは農夫になり、平凡な結婚をしているはずだった。

天下三分。これならなし得ると、孔明は思ったのだ。そして実際、天下の三分の形勢は固まっている。しかし、自分が世に出るのを見て、陳礼も付いてきてしまった。それが陳礼にとって幸福なことかどうか、まだわからない。

「あの騎馬隊があるかぎり、呉軍は敵ではないとさえ思えます」

馬謖の言い方は、あまりに楽観的だと孔明は思った。手強いと感じているからこそ、劉備は無理押しをしようとしていないのだ。

それでも、孔明はなにも言わなかった。馬謖の楽観論には、かなりの口惜しさが含まれている。自分よりも若い陳礼が、目ざましい働きをしているのだ。兄とともに従軍することを、馬謖は希望していた。民政では手腕を見せたものの、戦での働きはまだなにもない。表面に出しはしないが、陳礼の働きぶりに妬みさえ感じているに違いなかった。

馬謖の従軍を禁じたのは、孔明である。

代りに、成都近辺で叛乱の気配を見せていた豪族を、二度討たせた。率いて行った軍勢は、老兵を中心とした二千である。

戦ぶりは、見事だった。老兵にあまり無理はさせず、ぶつかる寸前からの迅速な動きで、三千ほどを圧倒していた。

七万の軍が駐屯していた時は、叛乱の気配さえ見せなかった者が、全軍が出撃すると、いきなり態度を変えた。鎮圧する軍すら出払っている、と考えたのだろう。だから馬謖の見事な戦ぶりは、実に大きな働きとも言えた。それ以後の叛乱の気配を、すべて断ったのである。

しかし馬謖は、もっと華々しい戦をしたがっていた。精鋭さえ与えられれば、陳礼に勝る働きができる、という自負も持っているだろう。自負を持つだけ、軍学もよく学んでいた。

「肚の底で考えていることを、言ってみよ、馬謖。秭帰の戦線は、楽に勝てると思うか？」

「秭帰から夷陵までは、楽に進めます」

「それで？」

「問題は、夷陵から夷道にかけての、呉の防衛線でしょう。百里（約四十キロ）の幅があります。陳礼殿の性格から言うと、そこを強硬に突破しようとするでしょう」

「性格で戦をするのではない。陳礼（ちんれい）も、軍令に従って動くのだ。総大将は、陛下御自身なのだぞ」

「口が過ぎました」

馬良（ばりょう）、馬謖（ばしょく）の兄弟は、率直に自らの非を認める美徳を持っていた。決して、言い訳がましいことは言わない。

「百里の幅を持った防衛線に眼をつけたのは、なかなかのものだ。おまえなら、どうやって破る？」

「楔（くさび）だと思います。中央に、まず楔を打ちこみます。夷陵（いりょう）からも夷道（いどう）からも五十里（約二十キロ）の地点に、橋頭堡（きょうとうほ）を築きます」

「あっさりと言うではないか。敵の中心に入るということだぞ」

「歩兵で押せば、それほどの犠牲を払わずにできます。百里の防衛線を敷いているということは、夷道で絶対に止めるという考えを持っているからでしょう。攻めこんで、呉（ご）軍が押し包んでくるのは、夷道の五里（約二キロ）手前ぐらいではないでしょうか。つまり、懐（ふところ）深くに引きこむ構えなのです。だから、五十里は進めるはずです」

「そこで進軍をやめ、橋頭堡を築けば、呉軍は意表を衝（つ）かれるか」

「まさに。そこで騎馬隊を効果的に使います。縦横に敵陣を駈け回り、橋頭堡に駈けこんで兵と馬を休ませます。それをくり返せば、呉軍は必ず内側から崩れます。重装備の歩兵を使えば、橋頭堡を築くのもそれほど無理ではないと思います」

「まともな戦術だ。騎馬隊だけで突破するというやり方はどうだ？」

「陳礼殿は、それをやりたいでしょう。しかし、呉軍が最も警戒しているのが、それでもあります。騎馬を突破させない方法は、必ず考えているはずです」

それも、まともな考え方だった。

兄の馬良と出陣前に話した時は、船を使って一部を敵の背後に回すと言っていたが、その策を劉備は採らなかったようだ。いまからでは、船の準備ができない。

奇策とも言うべきものを、孔明はひとつ考えていた。ただ、それを劉備にも馬良にも伝えていない。奇策であればあるほど、自分が戦場にいなければならない、と孔明は考えていた。奇策が破られた時は、犠牲は大きくなるものなのだ。

撤退。孔明が考えた奇策は、それである。とにかく、夷陵まで押す。そこで対峙を続け、機を見てひそかに白帝まで撤退する。ひそかにやれるのは、わずかの間だけだ。流言を流したりもするから、撤退をはじめて半日で、呉軍には知られる。

殿軍に、強力な部隊を置いて、撤退していく。同時に、南岸の深い山中に、一万以上の兵を埋伏させる。白帝にまで呉軍が迫った時に、その一万が退路を断つのだ。夷陵から夷道にかけての呉軍を大きく動かせるのは、追撃という状況だけだろう。巫から夷陵までは押しこまれているのだから、撤退する蜀軍を黙って眺めているのは至難だ。陸遜が動くなと命じても、前線の将兵は動いてしまう。

夷陵から夷道までの百里の幅のある防衛線が、陸遜という武将の心のありようを表わしている、と孔明は思っていた。そしてそれは、いくらかの不気味さを漂わせている。それを崩すには、追撃をさせることだ。

陸遜は、肚を据えて防衛線を構えている。その構えを崩してもまだ、肚を据えたままでいられるかどうか。赤壁のころは、周瑜が淩統とともにそばに置いていた、若い校尉（将校）だった。しかしあの周瑜ほど、先を見通して肚を据えているとは思えない。秭帰を落とされ、夷陵に攻め寄せられても、なんとか耐えていられる程度だろう。

意表を衝くこの奇策を、孔明は何度か書簡で送ろうかと迷った。結局送らないと決めたのは、孔明が現場に立っていないからだ。届けられる報告で、戦況を把握しているにすぎない。負けたら死ぬという立場に立った者が、闘い方は決めるべきだった。

「春には、戦況が動くだろうな、馬謖」

「陛下は、やはり武昌までお攻めになるのでしょうか？」

「武昌までは、攻められるであろう」

張飛が生きていたら、自分のこの奇策を書簡で伝えた、と孔明はふと思った。張飛を殿軍にして、撤退する。それならば、劉備の危険はずっと少なくなる。山に埋伏しておく兵の選抜も、遺漏なくやっただろう。なによりも、孔明の奇策の適否を、正確に判断できたはずだ。

「戦が長くなると、やはり兵糧が苦しくなります、丞相」

「それは、覚悟してはじめたことだ。陛下も張飛将軍も、兵糧の蓄えができるまで、出撃を待ってくださった」

「いま言っても、仕方がないことですね」

馬良の、南征の策。これが終ってからの出撃となれば、もっと多彩な攻め方が可能だった。

蜀は益州を制していると言っても、中央から北の部分だけの話だった。南には、広大な土地があり、それは荊州の広さをさえ超える。南の地域は、形式上は蜀に帰順していて、申し訳程度の朝貢を送ってくる。しかし、物産は豊かなのだ。

「成都で座して戦の結果を待つというのも、なかなかつらいものです」

ただ座して、待っているわけではなかった。成都の役所は、孔明と馬良で整備した。人口の調査も終え、どの地方にどれぐらいの役所を置けばいいかということも、ほぼ固まっている。いま馬謖は、成都近辺の城郭を駆け回り、役所の整備を急いでいる。民政が完全に安定するには、やはり地方の役所までしっかりしていることだった。そうなれば、叛乱を起こす余地もなくなってくる。

しかし地方にまで及ぶと、役人がやはり足りなかった。実務をさせながら、育てる。これも馬謖の仕事だった。不眠不休で働くことも、しばしばあるようだ。孔明と二人でむき合って語ることなど、十日に一度もない。

孔明も、産業の整備に忙しかった。馬良がやり残したまま、出陣したのである。生産の状況、流通の道、市場の位置。商人が育つ環境も、作らなければならない。馬良の下にいた、李恢、蔣琬という文官が、力を発揮しはじめていた。蜀は国家として体裁を整えただけでなく、ようやくすべてが機能しはじめている。

しかし、それでまた大きな戦だった。

「丞相は、御自宅へ戻られていますか？」

「いや。ここ五日ほど、丞相府で寝起きしている。館へ戻ると、どこか気が緩んでしまうのだ」

「陳夫人が、お心を痛めておいででしょう。二日に一度ぐらいは、戻られた方が」

「そうも言っておれぬ。国が歩きはじめたばかりの時だ。おまけに、戦時でもある。決裁しなければならぬことが、山積しているのだ。いま、私が人任せにすることはできまい」

「頭が下がる、と兄が申しておりました。そして、お躰が心配であるとも」

各部隊へ送る兵糧から、衣類などの支給まで、孔明は眼を通していた。不正が起きやすいところである。

「もう、寝室にお入りください、丞相。あとに罪科の決定を見なければならないとおっしゃっていましたが、私でよろしければ代りをいたします」

蜀科（蜀の法律）は完成していた。しかし、それが正しく機能しているかどうかは、罪人の処罰の決定を見てみなければならない。時によっては、処罰を決定する過程まで、すべて細かく調べ直す。

「そうして貰おうか」

言って、孔明は腰をあげた。

馬謖が眼を通した、そのやり方が正しいかどうか、翌日また見ることになる。二重の手間だが、馬謖もそういうことをやりながらさらに成長する。仕事を託せる者を、いまは育てる時でもあった。

白水関から使者が到着したのは、翌日だった。

馬超が死んだという知らせである。馬超の、劉備と孔明に宛てた遺書も添えられていた。軍は、馬岱が掌握しているようだ。

もともと、馬超軍のいまの実体は馬岱軍だった。一万を率いる部将として、馬岱は文句のない働きをしている。しかし、馬超が指揮していたころの、他を圧するような迫力はない。

一族ことごとく曹操に殺されたが、馬岱ひとりが残っている。軍の指揮は、このまま馬岱に任せて貰いたい。

遺書の内容はそんなもので、劉備に宛てたものも同じ内容らしい。

馬超が死んだと、孔明は思っているわけではなかった。乱世に背をむけた。多分そうするだろうと、死んだ簡雍も言っていた。

馬超には、働いて貰った。蜀の将軍のひとりとして留めておくことができなかったのは、軍師たる自分の責任でもあるだろう、と孔明は思った。

出奔ではなく、死んだということにしてくれたのは、孔明に対する思いやりなのかもしれない。自分のどこかを、確かに馬超は認めてくれていた。

蜀から、また将軍がひとり消えた。関羽、張飛と並ぶ力を持った、稀代の英雄が消えていった。

「病という噂は聞いていましたが、それほどに悪かったのでしょうか」

馬謖が、狼狽気味に言った。孔明は、馬超と交わした、微妙なやり取りのひとつひとつを思い出していた。鋭すぎる。何度か、馬超にそう言われたものだ。

馬超孟起の死は、その日のうちに成都の噂になっていた。そういう死に方もある、と孔明は頷くような気分で思った。

劉備には使者を出し、馬超の遺書も持たせた。

「おまえたち、若い者の時代だ。陳礼やおまえのな。五虎将軍と称された雄将のうち、残るは趙雲将軍ただひとり。力が及ぼうと及ぶまいと、おまえたちが代りをしていくほかはない」

馬謖にむかい、孔明はそう言った。

みんな、確実に齢を重ねている。劉備は六十をいくつか過ぎていたし、趙雲も五十になろうとしている。孔明自身も、四十歳を過ぎてしまった。

時の流れがまた、人の力を超えて乱世を変えていく。

5

秭帰から、二百里（約八十キロ）ほど進んだ。

馬鞍山の麓である。頂上に本営を置き、長江に沿って陣を敷いた。二百里の間、三度ほど呉軍は反撃を試みてきたが、そのたびに陳礼の騎馬隊が槍のように突っこみ、歩兵で押して撃ち崩した。

馬鞍山に拠ったのは、呉軍の動きを見きわめるためである。すでに、夷陵まで五十里（約二十キロ）の地点だった。呉軍が夷陵を決戦場にする気なら、なにがなんでも馬鞍山を奪回しようとするだろう、と劉備は読んでいた。

応真の手の者に、呉軍の陣内を探らせているが、いまのところ大規模な反撃の動きはなかった。

山は、すでに新緑の季節である。

寒い間は兵を動かさなかったが、いまはもう雪や凍えを警戒することもなかった。戦機は、熟しはじめている。陸遜も、武昌の孫権も、そう思っているはずだ。

補給は、順調に進んでいた。ここまでは、船で運べる。しかしこれからは、陸路の輸送の方が安全だろう。呉の水軍に、あまりに近づくことになるのだ。馬鞍山を、兵站基地にしよう、と劉備は地図を見ながら考えていた。夷陵、夷道を抜くまでの、短い間の基地である。

「馬超様が亡くなられたという話ですが、間違いはございませんか、陛下？」

陳礼が入ってきて言った。

「間違いない。遺書も届いた。白水関の馬超軍は、そのまま馬岱に任せることにした」

「張飛様と、気が合っておられました。私などにも、気軽に声をかけてくだされて」

「陳礼、馬超は病で死んだのだ。仕方がないことだ。蜀軍の中心も、次第におまえのような若い者に移りつつある。馬超の死は、そういうことだと考えよ」

「はい」

劉備は、馬超が死んだとは思っていなかった。自分のもとから、去ったのだ。いつかこうなるだろうという、予感のようなものはあった。蜀軍の中心にいる将軍のひとりだったが、関羽、張飛、趙雲のように、長く労苦をともにしてきたわけではない。二人きりで語り合ったことも、ほとんどなかった。馬超が去ると言えば、引きとめる理由はないのだ。

しかし、これはという男が、死ぬのではなく自分のもとから去ったのは、はじめての経験のような気がする。徐庶がいた。成玄固がいた。二人とも、劉備が認めざるを得ない、強い理由があって、去っていった。別れは、涙だった。

老いのせいか。関羽と張飛がそばにいないから、小さく見えてしまうのか。

馬超のような男を、自分は魅きつけられなくなっているのだ、と劉備は思った。

一万の軍は、そのまま残していった。馬岱も、将軍としてひとり立ちしている。馬超がいなくなったことが、蜀軍にそれほど大きな影響は与えない。それがわかっていても、劉備はやはり淋しさに似た感情に襲われた。

死んだことにして、あの男はどこへ去ろうというのか。どう生きようというのか。

「馬超様のことは、終ったことだと、思い定めます。いまは、戦が大事な時です。夷陵まで、やはりこのままじわじわと押した方がいいのではありますまいか？」

「しばらく待て、陳礼。呉軍が動かぬというのが、どうにも気になる」

「私もです、陛下。しかし、動かぬ敵と、いつまでむかい合っていても、仕方がないのではないかとも思います」

「馬鞍山まで、ほとんど兵力を失わずに来たのだ。いまは、相手の動きを見きわめよう。それでよいかな？」

「陛下がお決めになることに、私ごときが異存のあろうはずもございません。呉軍が罠を仕掛けて待っているのかどうか、応真が調べあげるでしょうし」

「罠か」

「軍議は、いかがいたされます？」

「それも、少し待とう」

待っているのは、罠などという小さなものではない、という気がした。夷陵から夷道にわたる、広大な防衛線。それは線と言えるような、単純なものではない。沼のような、泥濘のような、進むのに難渋する荒野。そういう防御の陣を、呉軍は敷いているのではないのか。

不用意に進むのは危険だ、とこれまでの経験のようなものが、劉備に囁いていた。白帝から馬鞍山まで、あまりに容易に進めはしなかったか。

「馬も兵も、駈けさせます、陛下。御決断があり次第、どのようにも動けるようにしておきます」

劉備は頷いたが、闘いあぐねるような予感があった。まともにぶつかれば、闘いあぐね、死闘の連続になる。たとえ夷道を抜いて原野に飛び出しても、その時、蜀軍は傷だらけになっていないか。

陳礼が退出すると、両方の陣が描きこまれた地図に、劉備は眼をやった。呉軍の布陣の細かいところまで、いまではほとんどわかっている。

核というものがなかった。無論、陸遜の本陣の位置はわかっている。しかしそれも、押せばどうにでも動きそうな感じだ。どこを押しても、動く。つまり、ここさえ潰せばというところが、どうしても見つけられないのだ。それは、攻めこむのを躊躇させるのに充分だった。

陸遜が、軍をしっかり把握しているのは、いくら攻めても強烈に反撃してこないことで、逆によくわかった。主戦派を抑えるだけの力を、陸遜は持っているのだ。

午後になると、陣内を巡回するのが、劉備の日課になった。張飛にぶちのめされて帰順したという沙摩柯をはじめ、二十人ほどの旗本が供である。

秭帰から沙摩柯をよく見てきたが、さすがに山岳戦は巧みだった。三峡の隘路は抜けはじめているとはいえ、夷道までは山が少なくない。沙摩柯が働ける場所は、必ずあるはずだった。

「ここは、しばらく耐えていただきたいのですが、陛下」

馬を寄せてきて、馬良が言った。やはり、いやな予感に襲われているのかもしれない。

「いま少し、呉軍の陣中を探りたいと思います。巫から馬鞍山まで、呉軍は退がり続けていますが、それにしては陣に乱れがありません」

「私も、そう思っている、馬良」

「まともにぶつかって、陳礼の騎馬隊で突破できるでしょうか、陛下？」

「どちらとも言えぬが、いままでのようにたやすくというわけにはいかぬな。相当の犠牲は覚悟しなければならん」

「荆州の原野に出てこそ、ほんとうの力を発揮する騎馬隊です。ここで力を削いでしまうのは、惜しいのではありませんか？」

「どうしろと言っているのだ、馬良？」

「奇策が、必要かもしれません。腰を据えた敵は、意表を衝いて混乱させてやればいいと思います。その奇策がなにか思いつかないので、言い出しにくかったのですが」

「私も、同じようなことを考えていた」

「ここまで来たのです。夷道を抜いてしまえば、呉軍は潰走し、われらは武昌まで一気に進めるだろうと思います。まさに、ここが正念場ではないでしょうか」

「だから、急がぬ。補給も滞っていないし、いつまでも腰を据えていられる」

陣内に、緩みはなかった。陳礼の騎馬隊も、広いところで盛んに馬を駈けさせている。数日駈けさせないだけで、馬は走らなくなってしまうのだ。

「ところで、陛下、馬超将軍のことでございますが」

「病で死んだ」

「まことに？」

「これまでも、病がひどくなり、軍務を馬岱が代ったことが、何度かあった。馬超軍は、馬岱軍と言ってもよかろう」

「そうですか。馬超将軍は病で」

「もう、受け入れるしかないことだぞ、馬良。人は、いつかは死ぬ。私もおまえも」

「五虎将軍で健在なのは、趙雲将軍だけということになりましたな」

「若い者が、育ってくれるだろう。私は、そう思っている。まず、おまえがいる。馬謖は大言が過ぎるが、それさえ自覚すれば、いい軍人になる。それに、陳礼、関興。まだ力は読めぬが、向寵や雷銅もいる。そうやって、人は入れ替っていくのだ。呉にも、周瑜なく、魯粛や呂蒙もない。代りに、陸遜や淩統という者たちが育っているではないか。魏も同じであろう」

「陛下には、御長命でいていただきます」

「孫権の首を落としたら、私は気が抜けて戦などできなくなるかもしれぬ」

「蜀漢を建て、そこから漢王室を再興していくという志があるかぎり、陛下は老いたりはされません」

関羽と張飛がいない。それだけで、夢はいくらか色褪せはじめている。

三人で抱いた夢だった。三人でひとりと思い定めて、ここまで生き抜いてきたのだ。自分が、ひとりでも生きていられるのかどうか、劉備にはよくわからなかった。

趙雲がいる。孔明や馬良もいる。しかしあの二人がいないだけで、命はすでに朽ちてしまっているような気さえした。

急造した船着場に、輸送船が到着していた。荷を降ろす兵たちの、元気のいいかけ声が河原に谺している。ここには、もともと呉軍の船着場があった。撤退する時、呉軍はそういうものをすべて壊していくのだ。つまり、いくらかは余裕を持った撤退をしている。はじめに、馬良もそれを指摘してきた。

陳礼が、騎馬隊を駈けさせている。千騎ずつの騎馬隊が、密集隊形を作っていた。それがぱっと横に拡がるさまは、壮観ですらあった。

劉備は馬を止め、しばらくその調練を眺めていた。陳礼が直接指揮していたが、命令する声などはまったく聞えない。陳礼の手の動きだけで、一千騎が一頭の動物のように動く。ほかに四千騎が控えていて、一隊ずつ出ては相手をする。その騎馬隊の動きも、見事だった。

ほかの五千は、長江沿いの道の長駆を行っているらしい。遠くにも、土煙が見えた。

これほどの騎馬隊がいるのだ、と劉備は思った。どこかで、呉軍を恐れすぎてはいないか。もう少し大胆に攻めた方が、相手の弱点も見えてくるのではないか。関羽と張飛の、弔い合戦だった。揉みに揉んで、敵を押し潰す戦をしたい。しかし、安易な攻めがどこかで破綻することも、いやというほど知っている。

「馬良、馬鞍山への兵糧の移送に、あとどれほどかかる？」

「十日もあれば、秭帰の兵糧の大部分は。輸送船を五十艘に増やしておりますし」

半年は、充分に闘える兵糧である。白帝まで、点々と陣営を築いてあり、陸上の輸送も難しくない。

やるべきことは、すべてやっているのだ。あとは、戦の機を摑むだけではないのか。

「陛下、たまには早駈けでもなされたらいかがです？」

「そうだな」

このところ、劉備は陣舎の居室に籠っていることが多い。外に出るのは、陣内の巡回の時ぐらいのものである。躰がきついというわけではなかった。孫権に対する憎悪以外に、気力が湧き出してくるということがないのだ。

それも、歳のせいなのかもしれない。漢中から、魏軍五十万を追い返した時、曹操はいくつだったのか。やはり、昔の曹操の戦ではなくなっていた。

「よし、駈けるぞ、馬良。おまえに、私と同じほど駈ける力があるか？」

「いささかの、鍛練はいたしております」

「馬鞍山の麓を駈ける。おまえが鍛練しているような、平坦な道ではないぞ」

「見くびっておられます、陛下」

劉備は頷き、声をあげて馬腹を蹴った。

風が、顔を打つ。もう、冷たい風ではなかった。

かつて、こうやって走った。肌に、なにかが蘇りかける。右に関羽がいた。左に張飛がいた。そして、若かった。

風が、泣く。冷たくはなく、しかし深く劉備の頬を切る。

6

白水関の西、六百里（約二百四十キロ）の山中が、馬超に用意された場所だった。相当の高山地帯で、深い森に囲まれている。合流する谷川が、眼下に見降ろすこともできた。山全体をひとつの村にするなら、数万の人間の居住が可能だろう。

「わが一族の本拠は、いずれここにするつもりでおりました」

芒秘が、山を指でさすような仕草をして言った。

数百名の麾下の中から、四十四名だけを選んで連れてきていた。その中には、牛志も入っている。ほかに、下女が六名。兵の妻が十二名。

十五軒の家と、営舎に似た建物が二棟、すでに作られていた。

袁綝を助け出して白水関に戻ると、馬超はすぐに連れていく兵の選別をはじめた。山の中で暮し、山の土になることを肯んじる者たちだけである。二十名ほどと考えていたが、四十四名になった。どうしても、馬超と離れたがらなかったのだ。

片付けなければならないことも、その間に片付けた。馬岱への、完全な軍権の委譲。成都への使者。劉備のもとへは、孔明が遺書を届けてくれるだろう。

つまり、馬超孟起は死ぬのだ。そして蜀ではない、いやどこの国でもない、深い山の中で別の人間として生きる。

なにかに背をむけた、とは思っていなかった。もともと望んでいた暮しを、はじめて手にしただけだ。その感動もない。ほんとうなら、ひとりきりで暮したかった。四十七歳まで生きてきて、捨てきれないものも抱えていた。四十四名の部下がそうだったし、袁綝もそうだった。

これまでの生き方を、後悔してはいない。多くの傷を負ったが、充実して生きもした。ただ、続ける理由がなくなっていたのだ。それでも、人は続けるのかもしれない。生きることが、それほど喜びに満ちているはずはないのだ。

俺は、いやだ。馬超は、ただそう思っただけだった。

「芒秘殿の村は、さらにこの西ですか？」

「そうですな。まだ二百里（約八十キロ）ほどはありましょう」

「ここは、いいところだ。湧水がいくつもあるし、谷川もある。そして平坦な場所も狭くない」

「本来なら、本拠はここへ置くべきでした。私の臆病さゆえに、さらに西の険しい山中に置いてしまったのです」

袁綝を取り戻し、白水関ですべてのことを片付け、山中に戻ると、牛志のもとに二百名ほどの若者が集まっていた。それはさらに増え、三月で一千名に達すると芒秘は言った。

そこをそのまま調練の場所にし、牛志のほかに二十名の兵を残し、馬超は芒秘や袁綝やほかの者たちと、ここまで旅をしてきたのだ。

「なぜ、ここを譲ろうという気持になられました、芒秘殿？」

「馬超様は、わが一族が生んだ英雄であるとは、この前に申しあげました。しかし、だからこの場所を差しあげるというわけではありません。ここで人が暮しはじめれば、必ず賊徒が眼をつけます」

「なるほど。俺は囮というわけか」

「そう言われれば、そうなのだとしか私は申しあげられません。賊徒を追い払うことによって、一族の者たちは、馬超様がここに住まわれることを納得する、と私は思っております」

「わかりやすいな。別に俺は構いませんぞ、芒秘殿」

ここならば、畠も作れる。家畜も飼える。誰もが暮したい場所であるのだろう。

「あまり大きな場所に、ここをしたくないのですが」

「すでに、賊徒を追い払ったような言い方をなさいますな、馬超様。無論、ここに住まわれる馬超様の、お心のままになされて結構です」

「妻がいます。俺は妻と、ひっそりと暮したいのです」

「賊徒を追い払ったあとそうなされるかぎり、誰もなにも申しません」

「昔からの部下の者を、四十四名連れてきている」

「それも、御自由に。賊徒さえいなければ、どの村も豊かです。妬んだりする者はおりますまい。特に、馬超様なれば」

「部下の者が、ほかの村から嫁を貰うことがあるかもしれない」

「望むところです。ほかの血が入ることは、私が望んでいることでもあります」

「集まった二百名の若者は、俺が勝手に使わせていただく」

「三月後には、千名になっております。いま、それぞれの村から、若者を募っているところですから」

「相手が賊徒とはいえ、戦は戦。多分、死ぬ者も出るでしょう」

「昨年、賊徒に殺された者は、五百名を超えます。三十名ほどの娘も、攫われました」

芒秘が、ただ一族の救援を求めているだけではないことは、馬超にもわかっていた。継続的に、馬超を賊徒からの楯にしようとしているのだろう、ということは容易に想像がつく。それはそれでよかった。二度とこの地域に足を踏み入れない。賊徒にそう思わせることは、それほど難しくない。

「闘うことも知らぬ羌族の民が、馬超様を利用して、賊徒を防ごうと考えている。そう思われていますな？」

　こちらを見透かしたようなことを、芒秘は言った。皺の深い顔に、表情はない。数日間の山中の旅では、顔ほど肉体が老いてはいないことを、しっかりと証明した。

「俺には、どうでもいいのです、芒秘殿」

「一族の誇りにかけて申しあげますが、それほどさもしいことを考えてはいません。楯に利用するだけのつもりなら、馬超様が御存知の村の長から話を通すだけで充分でしょう」

「確かに、それはそうだな」

「私は、一族を束ねて四十年近くになります。人を見る眼は、多少はできたでしょう。公平に振舞うこともできます。しかし、足りないものを痛感し続けてきました。外からの脅威に対して、無力なのです。一族の者に、死ねと言うこともできない。特に乱世になってからは、一族の者を苦しめるだけでありました」

それで自分を楯にしようと考えたのではないか、と言おうとして馬超は言葉を呑みこんだ。芒秘の眼は、言葉よりもっと深い意味を持ったように、静かな光を湛えている。

「新しい、族長が必要なのです。私のようなものではなく、外の脅威にしっかりとたちむかえるような人物が。そういう族長を選び出すのが、私の最後の仕事だと思っています」

「しかし、それは」

「馬超様に、絶対に族長になっていただきたい、と願っているわけではありません。ただ、一族の者の多数がそれを望んだ時は、考えていただきたいのです」

「一族の中で生まれ、育った者の中から選ぶべきではありませんか、芒秘殿」

「そういう者が、選ばれるかもしれません。馬超様を、と願う者が多いことも考えられます。最後は、私が決めることになります。誰であろうと、一族の者に納得させるのも、私の仕事です」

「困ったな、俺は人の上に立つような人間ではない。だから蜀を離れ、山中で生きようとしているのです」

「それでも、持って生まれたものまで、消し去ることはできません」

「やはり、困る。俺は、自分の器を知っています」

「自分の器を知っている者が、どれほどいると思われますか。失礼ながら、そのおっしゃりようは、傲慢ですらある、と私は思います」

ちょっと強い口調だが、芒秘ははっきりとほほえんでいた。

「とにかく、わが一族と馬超様は、縁があります。それがどう生きてくるかは、この地で暮してみなければわかりません。まず、この地を気に入っていただくことだと思っています」

家の中から、袁綝や下女たちの笑い声がしていた。

二日も経つと、生活は落ち着いてきた。必要なものは、揃えてあったからかもしれない。四日目には、芒秘は自分の村へ帰っていった。

馬超は、芒秘から渡された地図を、毎日眺めていた。地形が、詳しく描きこんである。広い地域だった。点在する村に、どうやって速やかに連絡が行きわたるのか、馬超にはよくわからなかった。少なくとも、すべての連絡が二日ほどで届いているような気がする。人の足では、無理なことだった。

地図に、馬超は少しずつ書きこみを入れていった。賊徒が襲ってくるとしたら、夏から秋にかけてで、その年の収穫を狙ってだろう。これまでどんな具合に襲われたかは、詳しく訊き出してある。

　十五日ほど経った時、牛志が二十名の部下と、三百名の若者を連れてやってきた。若者は、馬超が見た時より、すでに百名が増えていた。

「おまえが来てしまったら、それぞれの村から集まる者たちが、どこへ行けばいいかわからなくなるのではないのか、牛志？」

「それが殿、驚くべき手段を持っているのですよ。いずれここでもそうすることになるでしょうが、鳥を飼い、月に一度ずつそれぞれの村と交換するのです。その鳥が、足に書簡を巻きつけて運びます」

「鳥か」

　意表を衝かれたような気がした。しかし、必ず生まれたところへ戻る本能を持った鳥がいることは、馬超も知っていた。鳩などがそうだ。それをうまく使えば、通信は飛躍的に速くなる。

「これからはここに集まるように、とすでに連絡してあるということだな」

「はい。明後日あたりから、人は集まりはじめると思います」

　牛志は、調練を兼ねながら、ここまで旅をしてきたらしい。戟の代りなのか、竹で作った長い棒を、若者たちは持っている。

「武器から、作らねばならんのか？」

「鍛冶屋がいて、いい農具などは作っているそうです。木を伐り出す道具も。剣を一千振り、戟も一千、急いで作るように依頼してあります。しかし、時はかかるでしょう」

一日調練に立ち会ったが、闘い方についてはみんな無知に等しかった。

「山の中の動きでは、どこにも負けますまい。命令も、よく理解します。耐えることも、知っています」

「いい兵に育つ素質はある、ということか」

山中では、具足などは無駄なものだった。馬も、限られたところでしか使えない。武器さえなんとかなれば、一応の装備は揃ったということだった。

「百名ずつ、十隊だな、牛志」

「それぐらいが、よろしいでしょう。位をつけるのはどうかと思いますが、指揮者の命令が絶対であることは、躰の芯に叩きこまなければなりません」

みんな、十七、八から二十二、三という若者だった。人間の血を見る機会など、あまりなかったのだろう。それも、教えていくしかなかった。

「まあいい。少しずつはじめよう」

「最初に調練に入った時は、私も苦笑してしまいました。しかし、もともと人とはこんなものなのでしょう。どうも、戦の中で生きすぎたようです、私は」

「俺もだな。静かな生活を欲すると言っても、全身は血で汚れきっている」

「それも必要なのです。汚れずに生きようとすると、滅びるしかありません」

「今年は一千。来年から二百ずつ出させ、二百は戻す。長い者でも、五年で自分の村へ戻る。そうやって、常に一千の守備兵を確保することにしよう。五千、六千の賊徒が襲ってくる事態になっても、その者たちを集めて使える」

三百名は、営舎に入れ、部下の者で妻帯している場合にかぎり、それぞれ家を与えた。二日経つと、四百人に増え、五日目には六百人を超えていた。

「あたしは好きです、こういう生活が。白水関とも違うし、成都とはもっと違いますが」

袁綝が言った。

若者たちが最初に慕いはじめたのが、袁綝だった。母を慕うような、慕い方だった。

毎夜、袁綝は寝室で若者たちの話をするようになった。ひとりひとりの名を、最初に憶えたのも袁綝だった。

馬超(ばちょう)が望んだ生活だったが、袁綝(えんりん)の方が先に馴(な)れはじめた。女とは、そういうものなのかもしれない。家の中も、次第に袁綝の色になっていく。

毎日、馬超は朝から調練に出かけるが、午(ひる)には家に戻ってきた。他国へ攻めこむための調練ではなく、ただ守るためだけのものなのだ。ある程度の武器の扱い方を知っていて、集団で動くことが身につけば、それでいいのだ。

家に戻ると、馬超は庭の縁台に腰を降ろす。馬超の家は集落の最も高いところにあり、庭からは遠くの山なみまで見渡せた。

自分も馴れなければ、と袁綝を見て馬超は思う。むず痒(がゆ)いような気分だった。

いつか勝利の旗のもとで

1

　営舎に籠っている日が多くなった。

　軍議などお座なりなもので、陣内を巡回すると、陸遜はすぐに営舎に戻ってくる。酒を、少し飲んだ。食物は、ほとんどのどを通らなかった。口に入れても、のみ下せないのだ。躰のどこかが、病んでいるというわけではなかった。恐怖が、胸にも腹にも満ちているのだ。

　頬が削げてきた。意識しないまま、眼が鋭くなった。凌統に言われて、はじめて気づいたことだ。陸遜と眼を合わせようとする人間は、少なくなった。

　なにをなす術もなく、馬鞍山まで奪われた。それについて、部将たちがさまざまなことを言っているのは知っていた。臆病者という陰口が、多分一番多いだろう。

自分はほんとうに臆病者ではないのか。しばしば、そういう自問も湧いてきた。なにをすることもなく、ただ地図に見入っている。はじめから、この戦はそうだった。馬鞍山まで奪られているということは、あとひと押しかふた押しで、負けるということだった。

夷道まで抜かれてしまえば、蜀軍の誇る騎馬隊を、荊州の原野に解き放つようなものだった。一度そうなれば、もう押さえることはできないだろう。

軍議でも、部将たちの発言は、以前と較べるとずっと少なくなった。異論がなくなったということではなく、みんな諦め顔になっているのだ。活発に意見を言うのは、淩統ぐらいのものだった。その淩統は、陸遜と二人きりになると、逆になにも言おうとしない。

すべてを、陸遜に預けた。命まで、預けた。淩統には、そういう感じがあった。一緒に死のう、と思い定めているのではないか、という気もしてくる。

部将たちの陰口も、淩統の沈黙も、すべてが陸遜にとっては重圧だった。しかしそんなものも、馬鞍山まで進んできた蜀軍の重圧に較べると、無いも同然だった。

馬鞍山までの守備軍は、陸遜の計算によると、もう少し抵抗はできるはずだった。それが、呆気ないほど簡単に後退してきた。五日はもつだろうと思ったものが、わずか一日で抜かれる。そのくり返しだったのだ。

もっと、蜀軍を引きこみたい。陸遜はそう思っていたが、全力で反撃する機会を失ったのではないか、という不安にもしばしば襲われた。負けたら、死。肚は据えていても、いざその場になると、不安だけが際限なくふくらんでくる。

当たり前のことだ。必死に、そう言い聞かせた。自分ひとりの死で済むことではなく、孫権の命運まで、この戦にはかかっているのだ。

馬鞍山から、次にはどう攻めてくるのか。陸遜は、毎日それだけを考え続けた。劉備は、悠然として、馬鞍山を動こうとしない。まるで、こちらの不安を見透しているようでもあった。

なにかを、恃もうとする。たとえば、神を。たとえば、運を。

それを打ち消そうとする自分も、またいる。戦なのだ。神や運を恃むのは、死の寸前だけでいいのではないのか。

厠へ行くと、小便が赤くなっていた。まだ、耐える。耐えに耐えて、引きこめるだけ蜀軍を懐深く引きこむ。そのためには、血の小便も仕方がない。自分で前線に出て、斬られ、突かれ、血を流してはいないのだ。

それにしても、劉備には隙がなかった。どこをどう攻めても、小手先であしらわれるという気がする。特に、先鋒の騎馬隊だった。これが荊州の原野に出てきたらどうなるか、と考えると全身の毛がそそけ立つ。

「もっと明るく振舞われることです。出されたものは必ず食う。それぐらいの胆の太さが必要です。赤壁で、周瑜様はわれらに不安の一片も見せようとはされませんでした」

営舎の居室に来て、淩統が言った。黙って見ていられない。自分の状態はそうなのだろう、と陸遜は思った。軍議以外ではなにも言わない淩統が、わざわざ居室に来て言ったのだ。

陸遜も、そんなことはわかっていた。食べたものは、なんとかのみ下そうと、必死に努力もしている。そういう努力でようやくのみ下したものも、すぐに吐き出してしまう。

軍が、まとまりを失うということはなかった。全軍を見据えている韓当の存在が、やはり大きかった。ただの校尉（将校）だが、それだからこそ、無言の重みがある。

蜀軍からは、しばしば散発的な攻撃がある。それが大きな攻撃の予兆なのか、ただの小競り合いなのか、陸遜には判別がつかなかった。こういう時は、すべてのことが意味を持っているように思える。

蜀軍の補給は、完了しつつあるようだった。輸送船が、馬鞍山下の船着場につくと、そのまま留まることが多くなったのだ。再び遡上して行くのは、三艘に一艘というところだった。それも、次の地点への移送を待っているのか、大規模な兵の渡渉に備えているのか、よくわからなかった。

荊州北部の魏軍は、横に長く陣を敷くことで、侵攻する蜀軍に対して圧力をかけていたが、それはそのまま呉に対する圧力になるものだとも、陸遜は感じていた。合肥の戦線の兵力も、かなり夷陵に投入されてきている。魏にとっては、労さずして呉蜀のどちらかに進攻する好機なのだ。

しかし、魏にまで警戒を払うことが、陸遜にはできなかった。眼の前の、蜀軍が見えているだけである。

関羽が、こういう気分だったのかもしれない、と陸遜はふと思った。眼の前の魏軍と闘うことだけに心を砕き、後方の呉には注意を払わなかった。払ってもいられなかった。

ここでこわいのは、蜀が一斉に撤退することだった。その時、追撃しようという部将の意見を、いくらなんでも押さえきることはできないだろう。強引に押さえたとしても、単独で追撃に移る部将が、かなりいるに違いない。それを横から攻撃され、退路を断たれたら、夷陵、夷道の呉軍は大きく乱れ、潰走せざるを得なくなる。闘わずに撤退すること。闘っても、それほど本気だとは思えないままの撤退。蜀軍のその動きだけは、陸遜に底の知れない不安を与えた。

そういう動きを、蜀はほんとうにしてこないか。諸葛亮がいたら、たえずそれにおびやかされるだろう。蜀軍の軍師は、馬良である。力量はわからないが、いままでの戦を見たかぎりでは、諸葛亮のように、虚実で幻惑してくる男ではない。どちらかというと、正面きった戦をしたがる傾向がありそうだ。

陸遜は、立ちあがり、歩き回り、布を口に当てて酸っぱい液体を吐くと、また歩き回った。少量の酒と水。肚に入れているのはそれだけである。酸っぱい液体は、はらわたが溶け出しているとも思えた。たとえそうでも、まだ動ける。考えられる。

「入ります」

致死軍の校尉六名を呼んであった。

陸遜は、布で顔を強く拭い、顔色をよくしてから、入れと言った。

致死軍を、どこの山中に配置するか。迷いに迷っていたことだった。間違ったからといって、即座に動かすことはできない。ここぞと思って配置できるのは、一カ所しかないのである。

「おまえたちを配置する場所を、決めた」

陸遜は、地図の一点を指さした。六名の校尉は、息を呑んだようだ。声はなにも出てこない。

「致死軍千五百に、山岳戦に馴れた兵三千強をつける。およそ五千ほどで、山中に潜め。どれほどの潜伏になるかは、わからぬ。決して目立つな。特に、敵の間者に気づかれぬように。動く機は、おまえたちの中からひとり指揮官を選び、その者が決せよ」

「陸遜将軍に、指揮する者を決めていただきたいと思います。みんな、それぞれに自負を持っておりますので」

「わかった。路恂の副官をしていた、路芳という者は？」

「私です」

路芳は小柄で、痩せていた。埋伏の軍に、敵を威圧するような偉丈夫の指揮官など必要ない。ただ耐え、機を見逃さない眼を持っていればいいのだ。

「路芳か。路恂との関係は？」

「従弟になります」

「よし、致死軍を中心とした五千の軍を指揮する自信は？」

「あります」

「路芳を、指揮官としよう。潜伏する場所は、ここだ。よいな？」

「はい。最後の最後という場所です。勝敗がわれらの動きにかかってくる可能性は大きいと思います。このような任務を与えていただいて、光栄です。致死軍は、その存在を賭けて闘います」

決めた。

致死軍の校尉たちが退出すると、陸遜は思った。ついに、決めてしまった。しかし、ほんとうに蜀軍を、自分の戦の中に引きこんでいるのか。

深くは考えなかった。すでに決めてしまったことだ。

夕刻まで、営舎の居室を一歩も出なかった。

戦のことを、頭から消し去ろうとする。そうすればするほど、戦のことしか浮かんでこなくなる。躰がふるえる。次には、全身がかっと熱くなる。

救いは、武昌の孫権から、なにも言ってこないことだ。戦況の報告は、逐一入っているはずだ。馬鞍山まで押しこまれたことも、気にしているに違いない。しかし孫権だけでなく、張昭からもなにも言ってはこない。

赤壁の時も、周瑜に軍権を委ねると、孫権は柴桑を動かなかった。柴桑からなにか言ってきて、周瑜を悩ますということもなかった。そういう点で、孫権は大きい。

陽が落ちる前に、陸遜はひとりで楼台に昇った。遠くに、馬鞍山が見える。そう、見えるのである。何百里もの陣を敷いたが、見えるところまで押しこまれていた。勝負は一度だけで、その結着はまだついていない、と陸遜は思った。その一度のために、自分は耐えに耐えている。

陽が、馬鞍山のむこうに落ちようとしていた。風はない。闇が、のしかかるように濃くなっていくだけだ。

「船の数が多くなっているのが、気になって仕方がないのですが」

凌統がそう言ってきたのは、数日後だった。

「探らせてみても、船に兵糧などを積みこんでいる様子はないのです」

それは、確かにいままでと違っていた。一点を確保し、兵糧も移送してしまうと、次の確保点を目指すために、船は兵糧を積みはじめる。いままでは、そうだった。

「気にするな、凌統」

「しかし」

「わが軍の主力の目前にまで進んできているのだ。長江沿いを進んできた時とは、やり方が違って当たり前だ」

言ったものの、陸遜も気にしていないわけではなかった。ただ、騒ぎ立てずに、頭に入れておけばいいことだった。

「夷陵の前線は、大敗する前に退けるようにしておけ、凌統」

凌統は答えず、じっと陸遜を見つめてきた。

将軍の中ではただひとり、陸遜が言うことに異論を挟まなかった。

凌統にも、異論や疑問はあるはずだった。なにも言わなかったのは、指揮官にすべて従うべきだという、いかにも軍人らしい凌統の考えによることが大きいのだろう。友情に基づいた信頼も、多少あるかもしれない。

しかし、夷陵となれば、別だろう。夷陵の前衛は凌統の指揮下で、力を注ぎ続けてきたのだ。

「わかったな、凌統。夷陵の前衛には、固執しない。場合によっては、退がるのだ」

考え方は、二つあった。夷道に展開中の軍もすべて夷陵に集め、そこで決戦をするというのがひとつ。逆に夷陵の軍を夷道にまで後退させること。この場合は、崖っぷちに立って、決戦をするということになる。

「私と一緒に、死んでくれ、凌統」

凌統は、まだ陸遜を見つめていた。その顔が、不意に綻んだ。かすかに白い歯を見せて、凌統が笑った。

「わかった。わかりました、陸遜殿。軍人は、死ぬのが仕事です」

凌統が、一礼して出ていった。

朱然と徐盛が、自分たちの指揮する軍の調練を、それぞれにはじめた。伝令を出し、すぐにやめさせた。調練の名目で、敵の前衛と接触を計りかねない。

顔を真赤にした朱然と徐盛が、本営に馬を乗りつけてきた。

「調練はやめていただく、二人とも。どうしてもやりたければ、ずっと後方に退がってやって貰いたい」

「調練はするな。前線は離れろ。そう言っているのだな、陸遜殿？」

「違う。調練をするなら、前線の後方に回れ、と申しあげている」

「われらに、戦には出るなと？」

「朱然殿、私がなぜ調練を中止するような伝令を出したか、おわかりか。朱然殿にも徐盛殿にも、前線にいて敵に備えて貰いたいからだ。二人とも、呉軍の重要な戦力なのです」

「私は、蜀軍が巫を落とした時から、反撃すべきだという意見だった」

いる。

徐盛の方が、先に冷静さを取り戻したようだった。朱然も、大きな息をついている。

「陸遜殿が敷かれた数百里の陣は、次々に蜀軍に破られた。秭帰を失い、いま馬鞍山まで進んできている。それでもまだ、陸遜殿は耐えて反撃するなと言われる。もう、退がるところはないのですぞ」

「まだ、退がれるのだ、徐盛殿」

「まさか、江陵にでも籠ろうとお考えか？」

「いや、ここで、まだ退がれる。これ以上退がるところはない、と味方にも敵にも思わせたいのだ」

「われらが、なんとしても戦をやると言いはじめたら？」

「軍令には従っていただける、と私は信じています。もし軍令違反があれば、たとえ朱然殿や徐盛殿であろうと、ただちに処断します」

「なるほど、覚悟のようなものはわかった。しかし、申しあげておく。徐盛は別として、私はここで闘わなければならぬと思ったら、闘う。そういう私の態度を、武昌の殿に報告したければしてくれ。私は、闘いたいと言っているのだ。闘いたくないと言っているのではない。自分に恥じるところはない」

「報告など、しません。お二人とも、呉のことを考えて言っておられる。それは、私にもよくわかるのです。そして、軍令は守ってくださる、と私は信じています」

二人とも、頭も下げずに立ち去った。その背に、陸遜は軽く頭を下げた。

夕刻近くになって、陸遜は陣内を巡回した。

南の楼台のところで、数十人の一隊を連れた韓当に出会った。

馬を降りた陸遜にむかって、韓当がひとりで駈けてきた。陸遜の前に直立する。

「夷陵の前衛の淩統が、場合によっては兵を退くと言ってくれました」

兵たちに聞えない場所まで二人で歩き、陸遜は言った。
兵の眼があるから、そうしているのだ。

「虚実が、見えてこられたのかな？」

「はっきり見えるものではない、と私は思いはじめました。その場で判断するしかないのだと。いくつかのことはすでに決め、実行に移しておりますが」

「すでに、闘っておられる。いや、気が遠くなるほどの長い闘いを、陸遜殿は続けてこられた」

「そう考えていいのでしょうか、韓当将軍？」

「ひどく、痩せられた。眼の光だけが、ますます強くなってくる。闘っている男の顔だということです」

「悩みばかりが深く、考えあぐねることが多いのです」

「それが、大将の闘いでしょう。それができる者とできない者がいます」

「とにかく、私は考え続けるのをやめないつもりです」

韓当が、かすかにほほえんだ。白い髭が、風の中で揺れ動いたように見えた。

「朱然と徐盛が、血相を変えておりましたな。あの二人も、悪い軍人ではありません。これまでに、さまざまなことを克服してきましたし。戦になれば、役に立ちます」

「わかっております、韓当将軍。だからこそ、最後まで耐えて貰いたいのです」

「朱然も徐盛も、陸遜殿の命令が出ないかぎり、一兵たりとも動かしません。それは、私が保証いたしましょう」

「韓当将軍」

「老いぼれにもできること。それぐらいのものでしょうから」

「お願いします、と言うべきではない、と思います。私が大将なのですから」

「忘れられよ。老人が勝手にやることです。陸遜殿は、なにも御存知なくてよいのです。私も、歳甲斐もない。黙っているべきでしたな」

直立したままの韓当が、一礼し、兵が待つ方へ駈け戻っていった。

陽が落ちるころ、陸遜は楼台に昇り、馬鞍山の方へ眼をやった。気が、充溢している。山全体が、気を放っている。それが、日々強くなっている。

圧倒してくるものを押しのけるように、馬鞍山のむこう側に沈む陽に、陸遜は眼をやった。

2

劉備の決定が出て、軍議は終った。

攻撃。当然のように、先鋒は陳礼が命じられた。

「喪章を付けよ。馬にもだ。駈けに駈けるぞ。先頭に『張』の旗を押し立ててだ」

陣に戻ると、陳礼はすぐに出動準備をはじめた。決定が出るまで、劉備はずいぶんと思い悩んだようだ。見てはっきりとわかるほど、やつれはじめていた。

しかし決定は、果敢なものだった。夷陵の前衛を突き破り、猇亭に拠るというのだ。夷陵と夷道の、ほぼ真中に当たる。つまり蜀軍は、敵陣の中心に拠り、そこから東にむけて行動する。

まず騎馬隊が、そして軽装備の歩兵が、という攻撃の手順も決められた。騎馬隊が突き破ったところを、歩兵が確保していくのだ。

猇亭確保という大胆な作戦に諸将は驚愕していた。黄権など、自分が歩兵を率いるので、劉備は後方にいて欲しい、と懇願したほどである。劉備は、作戦を変えようとしなかった。馬良も、賛成した。

この一戦で、すべてが決する。陳礼はそう思った。先鋒という言葉に、心がふるえた。決戦まで、負けを知らず、先鋒を守り通してきたのだ。

「張飛様、よく見ていてください」

翌早朝が、進発だった。夷陵の敵の前衛まで、およそ二十里（約八キロ）。騎馬隊なら、ひと駈けである。

「みんな、よく眠っておけ」

しかし言った陳礼は、一睡もできずに、朝を迎えた。

一万騎が、陽の出とともに整列した。中軍にいるはずの劉備が、自ら見送りに出てきた。

「陛下、ただいまより、猇亭にむかいます」

馬を降り、拝礼して陳礼は言った。劉備が頷いている。

進発した。両軍とも、主力は長江の北岸である。南岸にも若干の兵力は配置してあって、それは騎馬隊と同時に動きはじめるはずだ。南岸にいる敵が、船を使い、猇亭攻撃軍の側面を衝くのは、阻止しなければならない。

また、黄権が、一万を率いて、北へむかった。裏切者の孟達がいる。さらにその背後には、魏の大軍がいる。

駈けた。山はまだ多いが、いままでのように険しいものではない。平地も充分にあって、思うさま馬を走らせることもできる。

見えてきた。敵。馬止めの柵を、前面に押し出している。

「綱」

陳礼は叫んだ。騎馬隊にとっては、歩兵の陣より、馬止めの柵の方が難物である。それを破る考えられるかぎりの方法も、調練に取り入れてきた。

馬止めの柵に綱をかけるために、五十名ほどが這いながら前進していく。矢が、そこに集中した。歩兵も集まり、思い思いの武器を柵越しに突き出している。

右翼からさらに五十騎が進み、輜重を五台転がした。兵は、枯枝を積んだ輜重を後ろから押している。戻る時、火を放ってくるのだ。

そちらにも、歩兵が集中してきた。火が燃えあがる。すぐには、手がつけられないほど、炎の勢いが強いのは、陳礼のところからもわかった。

正面。左翼から出た一隊が、押しては返してくる。矢の届かないところで返すので、犠牲はない。

陳礼は、馬上からじっと敵の動きを見きわめた。それから、一点を指さした。

百騎ほどが、疾駆していく。そこには、敵兵はわずかしかいない。鉤のついた綱を投げ、柵にかかると百騎は駈け戻ってきた。しっかりかかった綱が、三本はあるようだ。それを、四頭の馬で同時に引かせる。

柵が、崩れるように倒れていった。

「よし、第一隊、第二隊。三度寄せろ」

一千騎ずつの隊が二つ、寄せては返し、また寄せる。敵が、そこに兵力を集中させた。出てくれば、出てきたでいい。攻撃の方法はいくらでもある。

一度、二千騎を退かせた。馬止めの柵は、かなりの幅にわたって倒れていた。しかし、歩兵がしっかりと陣を組んで構えている。

「第一隊から、第五隊まで、縦列で突っこめ。いいな、突っこんでは返すだけだ。そのうち、歩兵が乱れはじめる」

攻撃がはじまった。

「燃えて、崩れはじめています」

輜重をぶっつけた柵がどうなっているか、報告が来た。

「よし、残りの騎馬隊は、一気にそこから突っこむ。まだ、歩兵も集まっていない」

陳礼が先頭になり、突っこんだ。燃える柵の崩れている場所が、二つ三つ見える。馬は、そこを跳び越えた。

槍を突き出して、陳礼は敵陣の中を駈けはじめた。

すさまじい、騎馬隊の圧力だった。

馬止めの柵をものともせずに攻めてくるのかと予想していたが、巧みにそれを除いた。犠牲を少なくして闘う方法も、しっかりと身につけた騎馬隊だった。しかも、一度柵を突破すると、抗しきれないほどの圧力をかけてくるのだ。先頭は『張』の旗。兵や馬の喪章が、眼に眩しいほどだった。

淩統は、高く組んだ櫓の上から、戦況を眺めていた。楼台より、家一軒分は高い。ただ、昇っていられるのは二人が限界だ。

夷陵の前衛は、二万五千の兵で、騎馬隊は一千騎もいない。騎馬隊の勝負をしようという気が、もともとないのだ。敵の得意な闘い方に合わせる必要はない。上流にいながら、蜀軍も決して水戦を挑もうとはしてこないのだ。

「前列は、崩されはじめたな。防塁の後方に回りこむよう、合図を送れ」

鉦が打たれる。

第一段の防塁は、馬では越えられない。逃げてくる味方の兵は、数十の梯子を登ってくるのだ。柵もあった。防塁の上には、弓手を配置してある。城壁ほどではないにしても、それに近い効果はあるはずだ。

「あれを」

一緒に櫓の上にいた校尉が、指さして叫んだ。

後方の歩兵が、壕橋（壕を渡るための移動橋。車輪が付いている）に似たものを押し出してきていた。ただ幅が広い。あれを城壁にかけたのでは急になりすぎてしまうが、防塁の高さだと、人も馬も駈け登ることができるだろう。

防塁の内側は、兵が動きやすく、石なども運びあげられるように、ところどころ斜面にしてある。つまり、こちらの防塁の構造まで、相手は調べあげているということだった。

「重装備の部隊は、後方だったはずですが」

「見てみろ。重装備の歩兵ではない。壕橋だけを、押し出してきたのだ」

あとは、梯子を持った歩兵がいるだけだった。

「どう、対処しますか？」

「退かせろ」

「えっ」

「あそこから、騎馬隊が飛びこんでくるぞ。犠牲が大きくなり過ぎる。第二段の防塁で、弓手を中心にした防御に切り替える」

「しかし」

第二段の防塁は、第一段と較べると弱かった。ただし、壁のように作ってある。すぐに馬が跳び越えるということはできない。それでも、馬が通るところを、崩すのにそれほどの手間はかからないだろう。

夷陵を突破されると、あとは猇亭の小さな城以外に、強力に敵を遮れる場所はない。猇亭を奪られるということは、夷陵と夷道の真中に、敵が侵入してくるということだ。

それさえも許す、と陸遜は言っていた。もう駄目だというところまで、追いつめられるつもりなのだ。敵を、懐の奥の奥にしっかりと抱いてしまう。言っていることは、わかった。しかし、それが赤く燃えた炭火なら、懐の中が燃えあがらないか。
陸遜が決めたことだった。そして淩統は、それに従うと言ったのだ。事実、敵の動きは逐一伝令で後方に伝えているが、後詰が来るわけでもなかった。いまできるのは、ひとりでも多く敵を倒し、圧力に抗しきれなくなったら、道をあけることだった。

その時、追い散らされて、兵をばらばらにしたくはなかった。負けて、道をあけるわけではないのだ。

淩統は櫓を降り、各隊の校尉に呼集をかけた。道をあけると決めた時の、各隊の配置である。うまく配置しておけば、蜀軍を挟撃する態勢をすぐに作れる。

「ここを通してしまったら」

ひとりの校尉が言った。

「いいのだ。通す。防衛線は、夷道だと思え。だから、決戦に備えて、兵はまとめておかなければならん」

「夷道が、防衛線なのですか？」

多分、という言葉を呑みこみ、淩統は頷いた。夷道の城は、長江の南岸にある。

そして本隊は、北岸に展開している。しかし、ここまで来たら、城は無意味だった。

抑えの軍を一万ほど残して通り過ぎられたら、あの騎馬隊は原野に出てしまう。それこそ、解き放たれた虎のようなものだ。

敵が、第二段目の防塁を攻撃しはじめていた。こちらからは、矢で応戦するだけだ。両翼に歩兵を配し、防塁を攻める敵を締めあげる。そういうやり方も取れるが、犠牲は確かに大きくなるだろう。夷陵で、犠牲を払うべきではない。

「矢を射かけろ。ひとりでも多くの敵を倒せ。しかし、ぶつかるな」

「ぶつからずに、夷陵を通すのですか？」

「そうすれば、敵は猇亭にまでは進むだろう。夷陵と夷道で挟撃もできる。そのためには、兵を散らしてはならん」

言った校尉は、不服そうだった。

「私も、みすみすここを通したくはない。しかし戦は、われらだけでやるものでもない」

「陸遜将軍が、まともに戦をされようとしたことは、一度もありません」

「そういうことは、すべてが終ってから言うことだ。大将の命令に従うのが、軍人ではないか」

「それは、わかっていますが」

「こうしている間も、敵は押してきている。各自、速やかに部署について、部下を掌握しておけ。こんな時に、闘い方に対する不満など、私は聞きたくない」

校尉たちが、散っていった。

淩統は、唇を噛んだ。もともと、この夷陵が本陣だった。敵は、ここで止めるはずだった。陸遜の中で、なにかが変ったのだ。はじめは、陸遜は夷陵を決戦場にすると言っていた。夷陵がすべてだ、と淩統も考えていた。

蜀軍との、長い対峙だった。どこもまともな抵抗はできず、押されれば退がった。その間に、自分には見えないものが、陸遜には見えたということか。

伝令が、頻繁に駈けこんできた。第二段の防塁も、破られつつある。

夷陵の城が、すぐそこに見えた。

城の防備は、堅くない。城に拠って、こちらの進軍を止めるという考えは、はじめからなかったのだろう。つまり、まともにぶつかって、打ち払う気でいる。夷道など、城は南岸で、わずかな兵しか配されていない。

その構えを、劉備は不気味と感じ続けてきた。長江沿いの陣を、すべて抜いた。それでも、夷陵から夷道にかけての構えは、変るところがなかったのだ。

いま、その夷陵に攻めかかっている。

先鋒の陳礼は、すでに敵中深く突入していた。そして後方から、歩兵で押し続けている。これまでの陣よりはかなり強力だが、それでも抜くのは難しくないと思える。正面の攻撃だけで、これだけ押している。山には、沙摩柯の率いる五千が、すでに逆落としの態勢を整えているはずだ。

重装備の歩兵を使う必要などなかった。先鋒の騎馬隊と、それに続く歩兵。そして側面からの沙摩柯の逆落とし。それで、間違いなく敵は崩れる。

「どうやら、夷道で決戦と決めたようだな、陸遜は。一兵の後詰も、ここへは出していない」

そばにいる馬良に、劉備は言った。そういう会話を交わす余裕はある。この戦にかぎってはだ。呉軍がすべての力をふりしぼってきた時は、そんなわけにはいかないだろう。それは、猇亭なのか、夷道なのか。

「陛下、そろそろ沙摩柯に合図を出したいと思うのですが」

応真の手の者が探ったかぎりでは、猇亭にそれほどの兵力は集められていない。

「よかろう、馬良。陳礼には、このまま押し続けるように、伝令を出せ。ただし、急ぎすぎるなとな。いつも、歩兵が後詰にいる状態で進むのだ」

馬良が、指示を出しはじめる。

しばらくすると、敵陣の横の山から、土煙があがるのが見えた。それは、逆落しと呼ぶにふさわしい、迅速で強烈な一撃になった。敵が、潰走していく。

劉備は、本陣を前進させながら、考え続けていた。呆気なさすぎる。潰走の仕方が、算を乱したというようにも見えない。撤退していく。そういう感じなのだ。

「三千騎で追い撃ちをかけ、七千騎をゆっくり進ませる。そういうかたちで、陳礼は進むそうです。後方に歩兵がついています」

伝令の口上を、馬良が伝えてきた。三千騎は、縦横に駈けさせる。強い抵抗があれば、七千騎が出ていく。そういうやり方で、後続の自軍が進撃しやすい状態を、陳礼は作ろうとしているのだろう。

進み続けた。罠らしいものはない。猇亭まで、無人の荒野を進むようなものだ。

「夷陵にいた敵ですが、陛下」

馬良が馬を寄せてきて言った。

「散り散りになったとは思えません。われらが猇亭に入った時、背後を衝く力になるのではないでしょうか」

馬良は、備えの兵を残すべきかどうか、迷っているのだろう。戦では、どういう場合でも、挟撃を受けることは避けたい。絶対に不利だからだ。

「放っておけ、馬良」

「そうですか」

「われらは、挟撃は受けぬ。後方など、ないからだ。夷道を抜いて原野に出れば、四囲が敵。前方の敵だけを打ち倒す。そう思っていればいいのだ」

「わかりました、陛下」

逆落としの攻撃をかけた沙摩柯が、追いついてきた。

「見事な働きだったぞ、沙摩柯」

「これから先、山はあまりありません。夷道の周辺にいくつかあるだけで、それも深山というわけではありません」

「猇亭で、おまえは一軍を組織せよ。夷道を抜いたら、江陵まで主力は一直線に走るが、側面掩護の部隊が必要になる。黄権は、北へ備えているので、あまり動けないであろうしな。五千の部隊で、縦横に動け」

「はい、陛下」

山岳戦だけでなく、原野戦で華々しく闘いたい、という希望を沙摩柯は持っている。山に潜むというのは、あくまで特殊な使われ方だと思っているのだ。

「私も、ほかの軍と肩を並べて、原野を駈け回ります」

沙摩柯は、嬉しそうだった。

先鋒から、次々に注進が入ってきた。ぶつかる敵は、すべてひと揉みにしているらしい。特に罠らしい罠もない。このままの進撃で、夜を徹して進めば、明日の早朝には猇亭に到るという。

「夜間の進撃も、いいと思います、陛下。慎重になるより、猇亭をできるかぎり速やかに奪る方が、大事ではありますまいか」

「私も、そう思う。猇亭を奪り、防備を固め、もう一度敵の出方を見る。その方がよいであろう」

「陳礼には、注意深く進み続けよ、という伝令を出しておきます。もっとも、陽が落ちると、斥候を三倍に増やして進むつもりのようですが」

劉備は頷いた。

頭は、すでに夷道の決戦にむいていた。これだけずるずる後退するというのは、こちらへの誘いでもある。誘いこまれてやろう、と劉備は決めていた。こちらは、攻める側なのだ。膠着した対峙にはあまり意味はなく、前進にこそ意味がある。

早朝、猇亭に到着し、落としたという注進が陳礼から入った。守兵は二万弱だったという。後詰は、やはりいない。

だいぶ陽が高くなってから、劉備も猇亭に到着した。

「なるほど、これか」

城内を見て回り、劉備は呟いた。かたちは城だが、ほとんど城の機能は果していない。全体が、虫に食い荒らされたようになっていて、それを完全なものに補修するのは、新しく城を築くよりも面倒なものだと思えた。

「陛下、城の外に布陣するのが、正しいやり方だと思えます。敵中で、城に拠ることができないのは、多少不安ではありますが」

「馬良、陸遜も、どこか底が知れているな。すぐに、布陣を決めよ。川沿いには厳しくだ。水軍での奇襲を、最も警戒しなければなるまい」

「山は、いかがいたしましょう？」

「一応の気配りはしておけ。しかし、やはり呉軍は水上からの勝負に、命運を賭けようとするだろう」

猇亭は、なだらかな山に囲まれた地形だった。それは、大した防備にはならない。ということは、こちらの脅威にもならないということだ。

布陣がはじまり、幕舎が張られ、本営も夕方までには整った。馬鞍山からの、兵糧の移送も、すでにはじまっているはずだ。

船の使い方を、劉備は考えていた。夷道を抜いてのちのことである。江陵まで、重装備の歩兵を船で運ぶ。同時に、陳礼の騎馬隊が原野を駈け回る。まずそれに船を使える、と劉備は考えていた。兵や兵糧の輸送以外に、船の使い道はいまのところ思い浮かばない。呉の水軍と、まともにぶつかり合うのは、絶対に避けなければならないことだ。

孫権は、江陵を落とされても、武昌に留まるだろうか。建業まで、船でたやすく戻ることはできる。そして、もともと本拠は建業なのだ。

そうなれば、孔明の戦略が本格的に発動するということになる。

孫権を討つべきだった。しこうして後に、天下とむき合いたい。孫権も討てずして、なんの天下か、と思う。しかし孫権を討っても、関羽も張飛もいないのだった。

布陣が整い、陣営が落ち着くと、劉備は馬良と陳礼を呼んだ。

「夷道まで、あと一歩というところまで、迫った。ここを抜けば、孫権の首に剣を突きつけたのと同じことだろう。しかし、ここでは急ぐまい。陸遜も、全力でむかってくる。安易な闘い方が、命取りにもなりかねぬ」

「呉軍が、力を出しきったとは思えません。むしろ、力をためこんでいる、と考えた方がいいと思います。猇亭を奪ることで、呉の防衛線に大きな楔を打ちこんだことは、間違いありません。今後、この楔をどう使っていくかです」

馬良が言い、地図を拡げた。

「ここまで来ると、山も少なくなります。しかも、いままでのように、険しい山ではありません。騎馬隊が存分に動ける場所まで進んだ、と言えるのではないでしょうか」

陳礼は落ち着いているように見えた。馬良は、呉軍の布陣を何度も確かめている。戦とは、これほどたやすいものではない、と劉備は考えていた。益州の攻略ですら、三年の歳月を要したのだ。相手は、ほとんど戦の経験のない、劉璋だった。

孫権は、というより呉軍は、乱世で揉みに揉まれながら、ここまで生き延びているのだ。甘いところは、ないはずだった。それが、ほとんど闘わずして、数百里を後退した。そして、荊州の原野を背にしている。

「水軍が、働いていない。呉の戦にしては、これはおかしい」

「われらが上流に位置しているので、使いたくても水軍を使えないのではありませんか？」

「陳礼、呉の水軍はそれほど甘くない。赤壁は勿論のこと、曹操は合肥から何度も濡須口へ兵を出した。それも大軍だ。しかし、結局は合肥へ戻った。どうしても、呉の水軍を破れなかったからだ」

「いま猇亭に進出したわれらに、陸遜は水軍を使ってくるとお考えですか、陛下」

腕を組んで考えこんでいた馬良が、また地図を覗きこみながら言った。

「いま、水軍を使わずして、いつ使う？」

「長江を遡上して奇襲をかけてくる。最も考えられるのは、それですが」

「猇亭を通りすぎ、夷陵まで遡上したとしたら？」

「挟撃が、より強硬なものになります」

「しかし、陛下」

陳礼も、じっと地図を覗きこんだ。

「夷道さえ突破すれば、挟撃のかたちは崩れます」

「確かにな。そしてそれは、陸遜も考えている。無闇に突っこめば、落とし穴ぐらいは用意してあるだろう」

「騎馬隊の力量は、これまでの進撃で充分摑んでいると私は思う。やはり陛下の言われる通り、慎重に構えるべきだ。ただ、進む必要はある。騎馬隊が、前面の敵を追う。そこに歩兵が進出し、陣を固める。五里（約二キロ）でも十里（約四キロ）

でもいい。そうやって、少しずつ進むべきではないだろうか」

「馬良殿、風のように駈けてこその騎馬隊ですぞ」

「自信を持ちすぎるな、陳礼。われらはいま、かたちとしては挟撃を受けている状態にある。それを忘れると、思わぬ怪我を負いかねぬ。ここは、馬良が言うように、少しずつ進むべきであろう。そして、ここだという時に、おまえの騎馬隊が突破する」

「陛下の御命令があり次第、騎馬隊は全力で突っこみます。張飛様が鍛え抜かれた騎馬隊がどれほどのものか、呉軍に見せてやります」

隠してはいるが、若い分だけ陳礼には気負いがある。老いた自分の先鋒としては、ちょうどいいのだ、と劉備は思った。

馬良が、一回の攻撃で進むべき地点に、筆を入れはじめた。地形を、よく考え抜いている。長江からの攻撃が防ぎやすい地点を、確保しながら進むというかたちだ。

「これだと、四回目の攻撃で、陳礼の突撃が必要になります」

「なにもかも、こちらの思い通りにやらせてくれるとは考えないことだ、馬良。馬鞍山からの兵糧の移送を、水軍が断ってくることなども考えておけ」

「破綻を、どう繕うか考えるのも、軍師の仕事です、陛下。特に兵糧に関しては、馬鞍山から大きく迂回して、輜重を使うことも考えています。北へ備えている黄権将軍の軍がいますので、それは安全に運べるはずです」

「なるほど」

「すべて、考え抜いております。しかし、それ以上のことが起きるのが戦だと、孔明殿にも念を押されました」

馬良の作戦に、間違いはない。緻密な攻撃計画と言っていい。しかし劉備には、どこかすっきりしないものが残った。

ここまで、攻めこんできたことが、間違いだったのではないのか。

別のことで、孫権を圧倒するべきではなかったのか。たとえば、北を奪る。雍州、涼州を制し、充分に力をつけ、余裕を持って孫権を追いつめる。そういうやり方も、あったのではないのか。関羽だけでなく、張飛まで殺された。それで、意地を張りすぎていなかったのか。

もう、六十を過ぎた。二人の弟たちの仇を討つ時は、それほど残されていない。

二人が退出すると、劉備は幕舎でひとりになった。寝台に横たわる。すぐに、眠れはしなかった。眼を閉じると、『劉』の旗が見えた。進軍中である。先鋒に張飛がいて、中軍に関羽がいる。

どこへむかう軍なのか。

なんとなく、そんなことを劉備は考えた。

3

猇亭に進出してきた蜀軍は、三日間まったく動きを見せなかった。

およそ八万で、城外に堅固な陣を組んでいる。そのほかに、北へ備えている軍が一万。巫から夷陵に到るまでの陣営に残してきた軍が一万数千。つまり、十万を大きく超えている。はじめは、七万の軍だったのだ。

それに較べて、呉軍の方はまったく増えていない。誰の眼にも、蜀が優勢と映っているということだ。

夷陵の淩統は、二万近い兵を掌握し、小さな山に拠っていた。無理な闘いはせず、兵も散らせていない。挟撃の態勢はできているということだが、蜀軍は後方の警戒も怠っていなかった。

陸遜は、営舎の居室で、地図に描きこまれた蜀軍の布陣を見続けていた。何度見ても、隙は見つからなかった。見るまでもなく、周辺の地形からなにから、すべて頭に入っているが、どうしても地図を見てしまう。

時々、激しい腹の痛みに襲われた。血の混じった小便は、しばしば出ている。ほんの少しの食いものを口にするが、吐くことが多かった。

ひとりきりである。指揮官とは、いつもこういうものなのだろう。

朱然や徐盛は、韓当の抑えが効いたのか、反撃とは言い出さなかった。その代り、形勢観望を決めこんだようなところがある。

猇亭に進出して四日目に、蜀軍が動いた。ぶつからず、陸遜は兵を退かせた。およそ二十里（約八キロ）、蜀軍は進み、そこでしっかりと陣を組んだ。

どういう攻め方をしてくるのか、およそ読めた。まず騎馬隊で切り崩し、そこを歩兵が確保する、というやり方だ。構えは、大きく崩さない。じわじわと攻め寄せ、こちらが反撃に出たら、陣を堅く組んで凌ぐ、という戦術だろう。このまま進まれると、なす術もなく夷道を抜かれる。

しかし、騎馬隊と歩兵だった。歩兵の半数は、重装備でもある。どこかで、動きに食い違いが出てくるはずだ。

二日後に、また五里（約二キロ）蜀軍は前進してきた。再び、陸遜は兵を退かせた。本営から四十里（約十六キロ）の地点に、蜀軍の前衛はいる。

激しい腹痛と、血の小便に陸遜は襲われた。ここ数カ月で、どれほど痩せただろうか。具足が、大きすぎるとはっきり感じられるほどだった。

蜀軍の配置は、やはり川への防備に力点が置かれていた。水軍で攻めるのは、容易ではないということだ。もし水軍で攻めれば、まず矢の攻撃を受け、上陸したところを騎馬隊に襲われるだろう。

陸遜は、朱桓という校尉を営舎に呼んだ。二十七歳だが、呉軍では最も若い将軍になるだろう、と言われている男だ。

「一万を率いて、山側から蜀軍を攻めてみよ。大きく崩す必要はない。蜀の陣のどういうところが弱いのか、しっかり見てくるのだ」

「一万、ですか？」

将軍が率いる軍勢の規模だった。

「やってみろ。勝てと言っているのではない。少し探りを入れたいのだ。あまり犠牲を出さず、しかし敵の陣は見てこい。決戦のためにそうすると考えていい」

「わかりました。それで、どの軍を？」

「私の麾下を使え。おまえも、調練には加わっていただろう」

朱桓が、直立し、頭を下げた。校尉の中では、自尊心が強い。その分、胆も据わっていた。任務の内容をはっきりさせておけば、それだけはやり遂げて戻ってくるはずだ。

一万が動けば、当然陣中は騒然とする。すぐに、朱然や徐盛らの将軍が集まってきた。

「やっと、反撃しようという気になられたか、陸遜殿。しかし、この私を先鋒に使って欲しいものだな」

「反撃ではない、朱然殿。敵に探りを入れるだけだ。淩統がいれば使うところだが、夷陵に留まっている。だから、若い朱桓に行かせた」

「私や徐盛では、力不足だと言われるのか？」

「まさか。朱然殿も徐盛も、決戦で働いて貰わなければならぬ。そして、決戦はただ一度きりだ。だからこそ、決戦なのです」

「納得はできぬな。自分の息のかかった校尉に、手柄を立てさせようとしている、というふうに思える」

「朱然よ」

韓当の声がした。

「おかしなことを言うのは、やめておけ。見苦しいだけだ」

「これは、韓当将軍のお言葉とも思えぬ。蜀軍は、そこまで来ているのです。いま働かなくて、いつ働けと言われるのです？」

「やめよ」

陸遜は、剣の柄に手をやった。

「殿より軍権を与えられたのは、この私である。私の決定に逆らうというのは、殿に逆らうことである。これ以上不平を並べる者がいたら、この場で処断する。朱然殿、いずれ充分に働ける場所を用意しよう。それで不満な時は、どうにでも私を非難されるがいい。いまは、私に従っていただく」

これ以上、韓当に楯になって貰うわけにはいかない。陸遜は、それだけを考えていた。朱然は、しばらく陸遜を睨みつけていた。それが悪いことだ、と陸遜は思わなかった。将軍も校尉も、闘魂を燃やし続けている。そういう闘魂は、戦には必要なものだ。

朱桓は、夜明けに出発していた。

陸遜は、営舎でただ待っていた。

朱桓が戻ってきたのは、その日の夕刻だった。かなりの犠牲を払っているが、出動した軍はひとつにまとめていた。

「騎馬隊の攻撃が激烈で、かなりの兵を失いました。一万で出撃し、戻ったのは九千というところです」

「そんなことはいい、朱桓。なにを、見てきた」

「火に弱い、と見ました。水軍に対する備えが、すべて木であります。楯も、防柵も、防塁までも」

「そうか。火に弱いか。弱点がひとつ、はっきりと見えたな」

徐々にだが、進攻してくる。そういう状況の中で、石や土による防塁は、手間がかかるだけだろう。自分が劉備だったとしても、木の柵や防壁を考える。

「私はこれで、任務を果したことになるのでしょうか？」

「この任務はだ、朱桓。おまえには、もっとつらい任務を与える。生還できるかどうか、微妙なところだ。そしてそれに、呉の命運がかかっていると言っていい。おまえの力を、見込んでのことだ。詳しくは、軍議の席で」

緊急の軍議を招集した。

将軍とその副官だけで、韓当と朱桓が校尉として例外的に出席した。営舎の周囲は、兵で二重に囲んだ。陣営の中に、当然蜀の間者は紛れこんでいる。

「本日の軍議は、意見を聞くためではない。それぞれの役割を伝えるためだ。これより、全軍をもって反攻を開始する」

地図を拡げた。軍議の場は、水を打ったように静かになった。

敵の本営まで、四十里（約十六キロ）だった。二度の攻撃で、そこまで詰めた。最初の攻撃の時、ひと押しで突破できる、という感触を陳礼は持った。ただ、騎馬隊だけならである。敵が退がった。それだけの理由ではない。退がる敵を追うのは、逆に危険なこともある。陳礼が押せると思ったのは、彼我の軍勢が放つ気の違いで、勝てるということを肌で感じたのだ。

それでも、二十里（約八キロ）の地点で、命令通り進攻を止めた。

二度目の攻撃では、敵の本営から四十里の地点まで迫った。このまま突破できる、と陳礼はほとんど確信した。

川面まで、切り立った崖が迫っている場所だ。いかに水軍で奇襲をかけようと、崖を這いあがることができる兵は、わずかなものだろう。馬良は、実に慎重に攻撃を進めている。そのこと自体に、不満はなかった。しかし、勝負の機を、馬良は読むことができるのか。軍人ではなく文官として、すぐれた仕事をしてきた人間である。

勝負の機は、劉備が摑むのか。しかし、後方の本陣で、即座にそれが摑めるのか。

いずれにせよ、あと四十里だった。

馬良は二度の攻撃で結着をつけるつもりのようだが、もう一度攻めれば呉軍は潰走するという予感が、陳礼にはあった。

すぐに、進撃できる陣形だった。一度、一万ほどの部隊が反撃を試みてきたが、騎馬隊で蹴散らした。どういう意図を持った反撃なのかはわからないが、後退を肯んじない強硬派だろう、と陳礼は思った。偵察を兼ねた反撃だというのは、馬良の考えだった。

蜀軍の陣形は、密集している。幕舎も、劉備用に小さなものが張られているだけだ。馬は、ほとんど躰を接するようにしていた。そこに潜りこんで、兵は馬の世話をしている。糞と尿が、すさまじい匂いをあげていた。

三度目の、攻撃命令が出た。

明早朝。騎馬隊だけで、二十里押しこむ。そして、歩兵を待つ。態勢を整えたらすぐに、最後の攻撃に移る。

陳礼は、歩哨が並んだ前線に立ち、東を睨みつけて、夜明けを迎えた。

「乗馬」

陳礼は声をあげた。

「騎馬四千騎、歩兵一万五千。陸遜の本隊と遭遇した。打ち崩し、夷道（いどう）を突破する」

伝令が復唱する。

陳礼は、水の流れのように谷に吸いこまれていく軍勢を見ていた。騎馬隊が、態勢を立て直している。必死で本隊を守ろうとしているのが、よくわかった。

勝負の機。むこうからやってきた。

これで、この戦は勝てる。陸遜をひと揉みにし、一気に江陵（こうりょう）まで駈け抜けることさえできるだろう。

陳礼は槍（やり）を振り翳（かざ）し、雄叫（おたけ）びをあげた。

その伝令の口上を聞いて、劉備（りゅうび）は声をあげた。馬良（ばりょう）は、立ちあがっている。

陳礼の騎馬隊は、敵を軽く二十里押しこんでいた。これまでの伝令の報告では、そうだった。それが、陸遜の本隊と遭遇し、夷道を突破すると言ってきたのだ。

本来ならば、大勝利だった。しかし劉備は、勝ったとは思わなかった。なにかおかしい。まず感じたのは、それだった。夷道を突破する位置といえば、すでに四十里は押しこんでいることになる。

「歩兵との距離が離れすぎる。すぐに返せと伝えよ。馬良、呉軍の動きがおかしいとは思わぬか？」

「すぐに陸遜にぶつかる、などということはあり得ません。もしあったとしたら」

「なにかある。ここまでわれらを引きこんで、陸遜は大きな賭けをしようとしているのではないのか」

「軽装備の歩兵は、すでに進発しています」

二十里を、陳礼が押しこんだ。そこを確保するため、三万の歩兵がいま走っている。

どうするべきか、束の間、劉備は迷った。速やかに陳礼が引き返せば、それでいいのである。そこを拠点にして、次は総攻めができるはずだ。

斥候が二騎、駈け戻ってきた。

呉の大船団が、遡上してきているという。艦が十艘以上いて、中央の艦には韓当の牙旗（将軍旗）が掲げられている。ほかに中型の軍船が五百余艘。兵数でどれほどになるのか、はっきりわからない。

「陛下、これから歩兵は、上陸にたやすい地点を通過しなければなりません」

「戻せ、馬良。すぐに出ている歩兵は戻せ。そこに上陸してくると、騎馬隊と本隊が完全に分断される。とにかく、本隊はひとつにまとまっていよう」

すぐに、伝令が駈け出していく。歩兵に五騎、陳礼の騎馬隊に五騎。

「水軍は、どれぐらいの兵を運んでくると思う、馬良？」

「最大で、五万ほどでしょう。上陸してくるとしたら、まずこれとぶつからざるを得ません」

夷陵にも、蹴散らしたあと、またまとまった軍が二万余はいる。ほかに、三、四万がどこかを動いているはずだ。

「陳礼が、上陸した五万を背後から突き崩してくれればいいのですが」
三、四万は、どこにいるのか。劉備は、それを考え続けていた。どこにいようと、上陸してくる五万を相手にするしかないが、動きの摑めない数万を忘れると、とんでもないことになりかねない。
「とにかく、上陸してくる敵への構えを整えます。それとて、歩兵が戻ってこなければ、どうにもなりません」

校尉たちが、駈け回っていた。陣を払いかけていたのだ。方々で混乱が起きている。特に、大型の攻城兵器の動きが取れない。

「前へ出せ」

馬良が怒鳴っていた。

「防壁や柵の代りにしていい。戻ってくる歩兵が通る道だけを、あけておけ」

五万が上陸してくるとして、すぐにぶつかろうとするのか。この動きは、陸遜が狙いに狙っていた機のはずだ。船から上陸する五万だけで、果して闘おうとするだろうか。

なにか、大きなものの中に吸い寄せられるような気分に、劉備は襲われた。それは、恐怖にも似ていたし、焦りにも似ていた。しかし、違う。渦のようなもの。それに、自分の躰が巻きこまれていく。その中心に滅びがあるのが見えるが、無理に逆らおうという気にもならない。

陳礼も、多分その渦に巻きこまれたのだ。陸遜は、方々にそういう渦を作っている。

なにかが、肌を刺してくるような感じがあった。快さに似ているのだ、と劉備は気づいた。

少なくとも、自分のいる戦場だけは、思い通りの展開だ、と陸遜は思った。

蜀の騎馬隊一万を、歩兵と大きく離し、思うところに引きこみつつある。いま、朱桓が懸命に騎馬戦を挑んでいるが、蹴散らされるのは時間の問題だった。それでいい。朱桓は、よくここまで蜀の騎馬隊を引っ張ってきた。

騎馬隊と歩兵を引き離す。

陸遜の作戦の構築は、そこからはじまった。そのために、耐えに耐えて待った。これ以上は退がれない、というところまで退がった。そして、自分自身を囮にしたのだ。

精強無比の蜀の騎馬隊は、完全に本隊と引き離した。騎馬隊だけを、殲滅しようというのではない。作戦は、全面展開だった。

まず、昨夜のうちに、朱然、徐盛の部隊を中心とする六万が、大きく北へ迂回し、蜀軍の本隊の側面に回った。夜陰に紛れた行軍で、兵も馬も枚（木片）を噛んでいた。

夷陵の淩統にも、伝令を出してある。やはり昨夜のうちに、蜀軍の本隊の背後へかなり近づいたはずだ。

そして、韓当を指揮官として、水軍の大船団で牽制した。これがうまくいけば、蜀軍は水軍の上陸に防備の主力を持ってくるはずだ。しかし船には櫓手だけで、兵は載せていない。旗だけが、ものものしいのである。

　夷道には、高くはないが、山が三つ連らなった場所があった。その山に、致死軍を伏せてある。埋伏させてから、かなりの日数が経っているが、気づかれなかったようだ。

　その山の谷を抜けたところに、いま陸遜は陣を敷こうとしていた。一万五千で、三つの方陣である。

　騎馬戦の戦況は、次々に斥候が報告してきた。朱桓は、陸遜が想像した以上に奮戦しているようだ。ただ、相手は蜀の騎馬隊で、兵力にも大きな差がある。すでに潰走し、追い撃ちをかけられているという状態らしい。

　朱然や徐盛、そして淩統の部隊は、蜀軍本隊の攻撃に成功するだろうか。徹底的な火攻めを指示してある。攻撃のやり方として、間違ってはいないはずだ。

　自分が騎馬隊をおびき寄せる囮になる、と軍議で言った時、賛成したのは韓当だけだった。しかし、強い反対も出なかった。朱然や徐盛は、ひと言の文句も言わず、与えられた任務を受けた。

　方陣は、完成しつつある。

　あとは、騎馬隊が突っこんでくるのを待つだけだ。なぜか、動きはじめてからは、気分がよくなっていた。腹痛もなければ、血の小便も出ない。なにより、いろいろと思いあぐねることがなくなった。

ここまで、考え抜いた。あとは、なるようになるのだ。負ければ、死ぬ。戦では当たり前の、その覚悟だけがあればいい。

土煙が見えてきた。

執拗な騎馬隊だった。

最初はまともにぶつかってきたが、一撃で打ち崩すと、五十騎、百騎に分かれて、羽虫のようにうるさく付きまとってくる。

その動きのすべてが、陸遜を追わせまいとしていた。

一千騎ほどを倒すと、陳礼は兵をまとめ、そのまま谷間に突っこんでいった。ひと駈けで、陸遜に追いつける。いや、陣を敷いているかもしれない。騎馬隊の執拗な妨害は、それぐらいの余裕を、陸遜に与えたはずだ。

それならば、陸遜の首を取れる機会は多くなるというものだった。

谷の道は大きく曲がっていて、見通しは悪い。しかし、駈けた。全身の血が、どうしようもないほど熱く沸き返り、皮膚から噴き出してきそうだった。

「陸遜の首だ」

陳礼は、叫んだ。

「陸遜の首を、絶対に取ってやる」

張飛に、この姿を見せたかった。劉備にも孔明にもだ。まだ、孫権の首は取っていない。しかし、ここで陸遜を討ち果せば、呉の主力は潰滅したことになる。江陵、武昌と、続けざまに攻められるのだ。

調練を積んだ。何十人もの死者が出る、激しい調練だった。あれほどのことをやって、戦に負けるはずはないのだ。

孫権を討てば、次は天下だった。それはもう見えはじめている、と陳礼は思った。

部下は、小さくかたまって、しっかりとついてきていた。この国で、最強の騎馬隊。間違いなく、そうだ。

大地が、揺れた。馬蹄ではない響きを、陳礼は全身で感じた。なんだ、と思う前に、全身の血がひいた。

陳礼への伝令が、間に合ったかどうかわからなかった。

そんなことを考えるよりも、いまは目前の敵だった。劉備は、胡床（折り畳みの椅子（いす））に腰を降ろし、陣が整うのを待った。

一度出撃した歩兵が戻ってきて、陣内は混乱している。馬良（ばりょう）が、声を嗄（か）らしながら、次々に指示を出し、駈け回っていた。

いつの間にか、陽暮（ひぐれ）が近づいていた。

斥候の報告が入る。遡上（そじょう）してきた呉の大船団は、やはり上陸の構えを見せているという。たとえ上陸したとしても、陣を組むまでにかなりの時がかかるはずだ。ぶつかるのは、明日の朝ということになるのか。

「陛下、騎馬隊は戻ってきません」

「陸遜を追って、ほんとうに夷道（いどう）を突破したのかもしれん」

「なにが起きているのか、調べる余裕はいまはありません」

「わかっている」

「やはり、陳礼は若すぎたのでしょうか？」

「どうであろう。いまならば言えることでも、見事な戦をしている時は、誰も言えなかった。張飛が乗り移ったようであったし」

「罠（わな）にかかった、と思うのですが」

「いま気にしたところで仕方がない。そう言ったのは、おまえだぞ、馬良」

「しかし、気になります。歩兵が戻ってきたところで、陣もまだ組みあげていないのに、ふと陳礼のことを考えたりしました」

馬良も、ぶつかるのは明朝と判断したのだろう。ついさっきまで、声を嗄らして指示を出していたのが嘘のように、静かな表情で劉備のそばに腰を降ろした。

攻城兵器が、横倒しにされていた。そのまま矢を防ぐ楯になるし、馬止めの柵にもなる。江陵と武昌を攻めるために運んできたものだが、おかしな使い方をすることになった。

「馬良、戦だけは、まったくなにが起きるかわからぬものだな。光と影が、不意に入れ替わる。勝利の雄叫びが、悲鳴になる」

「陛下ほど、お若いころから戦に生きてこられた方でも、そう思われますか」

「この眼で、何度も光と影が入れ替わるのを見てきた。見てきただけで、自分の身に起きるとは考えないのであろうな」

「蜀軍は、負けたわけではありません。いや、まだ優勢のはずです。水軍を出した以上、呉にはもうなにもないということですし」

「水軍か」

勝敗はどうでもいい。ふと、劉備はそういう気分になった。このところ、しばしばあることだった。そんなことでは駄目だ、と自分に言い聞かせる。孫権（そんけん）という名が浮かんだ時だけ、心の底の怒りも顔を出す。孫権を討ってしまうと、自分はどうなるのだろうか。光が、飛んできた。よく見るとそれは火で、どこからか射込まれたようだ。夕方の光線の中で、それは不思議に命を持ったもののように見えた。きれいだな、と劉備は一瞬考えた。

さらに、二つ、三つと火が増えた。

馬良が立ちあがる。

敵襲という言葉が、方々で谺（こだま）した。火矢を射込まれているらしいと、劉備はようやく気づいた。歩哨（ほしょう）からの報告が、次々に入ってきた。

「大軍のようです、陛下」

「しかも、火攻めか」

陣が、火に弱いことはわかっていた。特にいまは、大型の攻城兵器などを横倒しにしている。それは、よく燃えるだろう。

「水軍の上陸ではないな」

方向が、まるで違った。側面から襲われているようだが、ほとんど背後を衝（つ）かれているという感じがある。

「私は、とんでもない間違いをしたのかもしれません、陛下。陸遜に幻を見せられたのだと思います」

「かもしれぬな」

劉備も、胡床から腰をあげた。

「旗本とともに、ここは退いていただけないでしょうか。馬鞍山が、守るには一番いい場所だろうと思います」

「逃げきれるかな。陸遜は、満を持していたのであろうし」

「私が残って、なんとかやってみます。馬鞍山に拠っているかぎり、兵糧もあります。駈けに駈けていただかなければならぬ、と思いますが」

「逃げるか」

「一刻も早く。陛下がおられるかぎり、蜀軍の負けはないのですから」

「よし、馬鞍山でおまえを待とう」

「それから、陳礼も」

「死ぬな、馬良」

言って、劉備は片手をあげた。すぐに馬が曳かれてきた。

4

馬鞍山に戻ってきた兵は、三万に満たなかった。

大敗北である。黄権を除く将軍たちのほとんどが、死んだようだ。馬良も、死んでいた。いずれは将軍にして少数民族の軍を指揮させようと思っていた、沙摩柯も死んだ。

陳礼の騎馬隊は、陸遜の首を目指して谷に突っこんだところを、山上から石や木材を大量に落とされ、ほとんど全滅に近い状態になっていた。

関羽の息子の、関興も死んでいる。

三万で、馬鞍山を守るべきかどうか、旗本の校尉で話し合われていた。呉軍が、水陸から迫っている。およそ十四万という。

旗本たちは、馬鞍山に籠り、機を見て反撃しようとしているのではなかった。ひたすら、蜀からの援軍を期待しているのだ。

「私は、白帝に戻る」

「陛下、追撃は急です。白帝に戻る前に追いつかれたら、いかがなされます」

「その時は、死ねばいい」

「陛下のお命をお守りするのが、われら旗本の任務です」

「ならば、白帝に帰る私を守れ。すでに決定したことなのだ」

それ以上劉備はなにも言わず、側近の者に仕度を命じた。

馬鞍山を守っても意味がない。そう思ったのは、陳礼の騎馬隊が全滅した、という報告が入った時だった。夷道から荊州の原野へ抜けるところでの出来事だったので、報告が遅れたのである。

馬良は、かなりの奮戦をしたようだ。しかし、死んだ。誰も彼もが、死んだ。北へ備えていた黄権だけは、退路を断たれ、呉を避けて魏に降伏したという。黄権の軍が無傷だったのが、せめてもの救いだった。

こういう戦は、するべきではなかったのだ。いまにして、はっきりとそう思う。関羽と張飛の仇を討とうとしたのは、二人のためではなく、自分のためだった。ほんとうに悼む思いがあったのなら、自らのどを突いて死ねばよかったのだ。それが、生死をともにと誓い合った兄弟というものではないか。

死者にしてやれることは、なにもない。

劉備は、馬鞍山から白帝にむかって駈けた。

さすがに旗本たちは、殿軍をつとめながら付いてくる。

呉軍は、すぐ背後まで迫っていた。殿軍の旗本が、少しずつ減っていくようだ。この自分を守るために、また兵が死のうとしている。そう思うと、引き返して単身で呉軍の中に斬りこみたかった。しかしそれも、許されはしないだろう。自分が死にに行けば、みんな付いてこざるを得ないのだ。

「山へ逃げこめ」

劉備が兵たちに言ったのは、それだけだった。

少しずつ、兵が減っていく。駈けながら、劉備ははっきりとそれを肌で感じていた。死にに行くより、山へ逃げこんだ者の方が多いはずだ。

「先頭で追ってくるのは、朱然の騎馬隊です。陸遜は、後方にいるものと思われます」

「殿軍として留まってはならぬ。みんな、力のかぎり駈けるのだ」

進攻してきた時に築いた防塁が、無人で残っていた。守兵は、とうに逃げているらしい。巫まで、三十ほどの防塁がある。

どこかの防塁で留まってしまおうかどうか、劉備は迷っていた。というより、駈ける気力が失せかかっているのだ。自分が駈けることによって、兵が助かる。劉備を支えているのは、その思いだけだった。

秭帰に近づいたころ、馬が一頭二頭と潰れはじめた。秭帰に辿り着いた時は、三百騎ほどになっていた。

馬を休ませた。追ってくる呉軍の馬も、潰れかけているはずだ。

半日休み、呉軍が見えてきた時、劉備はまた駈けはじめた。もういい、という思いがたえず襲ってくる。しかし白帝まで駈ければ、三百騎の旗本は死なずに済む。兵の命のためにだけ駈けよう、と劉備は思った。

趙雲は、焦っていた。

大敗の報を白帝で聞くと、すぐに救援に出発した。劉備が馬鞍山を出たところまではわかったが、それから先の消息がまったく不明なのだ。

いやな予感を振り払いながら、駈け続けた。六百騎ほどである。歩兵はずっと遅れていた。逃げてくる蜀軍の兵に出会ったが、みんな防塁を守っていた者たちで、劉備の消息は知らなかった。

三百騎ほどのまとまった軍が見えたのは、秭帰に五十里（約二十キロ）ほどのところまで来た時だ。

先頭を、間違いなく劉備が駈けていた。

「陛下」

趙雲の叫びに、劉備も気づいたようだった。

「おお、趙雲か」

劉備は、疲れきっているようだった。出陣した時はまだ黒いものが多かった頭髪が、雪を被ったように白くなっている。

「御安堵召されよ。私が来たからには、呉軍に指一本さささせません」

「おまえがいた。まだ死んでいない、おまえがいた」

「速やかに、陛下を白帝城へ。私は、しばらくここへ留まる」

「趙雲」

劉備がなにか言おうとしたが、旗本が両脇を挟みこむようにして駈け去った。

すぐに、呉軍が見えてきた。二千騎ほどである。

趙雲は、槍を構えた。大勝した勢いそのままに、二千騎は趙雲の一行を押し包もうとした。趙雲は哮え声をあげ、槍のふた振りで七、八人を打ち落とした。

「何者だ？」

朱然だった。赤壁で見かけた時はまだ校尉だったが、将軍に昇格しているのだろう。

「私はおまえを知っているぞ、朱然。この趙雲子竜に、何者だとは笑止な」

「なに、趙雲」

言った時は、お互いに馬腹を蹴っていた。

ひと突きで、趙雲は朱然を打ち落とした。死んではいない。さすがに、槍を受ける瞬間に、わずかに身をかわした。だが、左腕は千切れかかっているだろう。仰むけに倒れたまま、朱然は起きあがれないでいた。

趙雲は、もう一度哮え声をあげ、二千騎の中に突っこんでいった。三十騎ほど打ち落とすと、呉軍は小さくかたまって退がりはじめた。六百騎で押しまくる。二里ほどの間に、一千騎ほどに減っていた。

馬を返し、劉備を追った。何事もなく、白帝城にむかっているようだ。

また、呉軍が迫ってきた。

趙雲は馬を止め、槍を脇に抱えてじっと待った。一里（約四百メートル）ほどの距離をとって、誰も近づいてこようとしなかった。

そういうことを、二度くり返した。一万二千の歩兵が、ようやくやってきた。

それで、呉軍は追撃を諦めたようだ。盛んに伝令が駈け回り、殿軍を残して後退しはじめた。

　白帝城に戻った。

　劉備は、斜面の手前に立ち、ぼんやりと長江に眼をやっていた。背中が、いくらか曲がったような気がする。眼に、いつもの強い光もなかった。

「よくぞ、御無事で戻られました、陛下」

「天命かな、趙雲。やるべきではない戦を、私はしてしまったようだ。多くの兵を、死なせた。私も、死ぬべきだったと思う」

「そのようなことを、おっしゃられてはなりません、陛下。馬良も陳礼も、陛下に生き延びていただくために死んだ、と思われなければなりません」

「一生、それを背負えと言っているのか、趙雲」

「また、そのようなことを。陛下は戦人であられます。戦場での人の死なら、背負いきれないほどでありましょう」

「おまえは、止めたな、私を。魏こそがまことの敵であると。そんなことは、私にはわかっていた。関羽と張飛を殺した者が、まだ生きている。それが、耐えられなかっただけなのだ。そして、兵を出した。大将の資格はあるまい」

「それ以前に、人として、男としてのありようを、陛下は大事にされたのだ、と私は思っております。孔明殿の戦略を優先されれば、天下への道は近かったと思います。しかし、人としての思い、男としての思いを捨ててまで、なんの天下だ、と陛下は思われたはずです。陛下が出陣されてから、私はずっとそれを考えていました。陛下には、その思いがなければならぬのだと、痛いほどわかりはじめました。天下を手にされる陛下にだけは、その思いがなければならないのだと」

「もうよい、趙雲」

「孔明殿も、そう考えたはずです。人の思いを失った天下であってはならないのです」

「思い出すな」

劉備は、趙雲を見て力無く笑った。

「はじめて会った時、おまえは公孫瓚殿のもとにいた。私は、わずかな流浪の軍を率いているだけだった。おまえは、一途で純粋な青年だった」

「館へお入りください、陛下。呉軍の追撃は、もう止めてあります。なんの御心配にも及びません」

うなだれたまま館に入っていく劉備に、趙雲は付いていった。用意されていた居室で、劉備はすぐに寝台に横たわった。

「お眠りになられることです。酒でも運ばせましょうか？」

「いらぬ。ひとりにしておいてくれ」

趙雲は、一礼して居室を出た。

白帝城は、長江に突き出した岩山の頂上にある。周囲が急峻な斜面なので、わずかな兵で大軍を防げる要害だった。

二千ほどの軍がいるだけで、あとは長江沿いの河原に駐屯している。

王平が、難しい顔で歩いていた。

「どうした？」

「これは、趙雲将軍。巫の近くまで人をやっているのですが、かんばしくありません」

「なにがだ？」

「逃げてくる兵が、かなり多いのではないかと思ったのです。収容するために船も出したのですが、二千名ほどしかいませんでした」

「山であろう。深い山に身を潜めながら、益州にむかっているに違いない」

「ならばよいのですが」

捕えられた蜀軍の兵が首を落とされ、長江の水がしばらく赤かった、という噂も流れていた。

「しかし、陳礼殿のあの騎馬隊が全滅するとは」

「陳礼は、軍令を無視した。無視したというより、最後に独断に走った。たった一度の独断だったろう、と私は思う。そして、それが負けを呼んだ。陳礼が生きて戻っていたとしても、私は斬ることを主張しただろうと思う。陳礼に対する私の思いは別として、それが軍なのだ」

「心に刻みつけておきます、趙雲将軍」

王平は、堅実ですぐれた校尉だった。蜀には、将軍が少なくなった。いずれ、こういう男が蜀軍を背負うことになるのかもしれない。

「陛下は、しばらく白帝を動かれぬであろう。私は、一度成都へ行かねばならん。おまえが、しっかりしていろ。まず、旗本を編成するのだ。若い兵を選んでな。一千騎ほどでよい。東への警戒は、怠るな」

「この城では、陛下もなにかと御不自由をなされると思います。平地にある城郭の館にお移りいただいた方がいいのではありますまいか」

「後のことだ、それは。人手があるなら、その城郭の防備を強化しておけ」

成都には、まともな軍がいないという状態だった。それで孔明は自分を呼んだのだろう、と趙雲は思っていた。

　荊州進攻軍の敗退で、成都が大混乱をするということはなかった。益州にまで、呉軍が攻めこんできたわけではないのだ。

　それは民の間のことで、丞相府は大変な騒ぎになっていた。

　孔明は、まず文官を集めて必要な指示を与えた。大きすぎるものを、蜀は失ったのだ。新兵の徴発をしなければならない。兵糧も集め直さなければならない。

　荊州への進攻準備の比ではなかった。

　人口や耕地の調査は終っている。物産が動きやすい環境は作ってあり、産業も活発になりつつある。

　しかし、兵力だけはどうにもならなかった。そして、最初に解決しなければならないのが、兵力の問題なのだ。

　魏延の軍はそのまま漢中守備に留めたが、馬岱の軍は閬中にまで退げた。巴東、巴西への睨みが必要だからである。

　李厳は将軍だが、李豊という息子がいた。この二人を組み合わせて、南の押さえとした。それでも、兵力はまるで足りない。

文官では、蔣琬、李恢が力を発揮していた。蔣琬の下には、費禕や董允という能吏もいる。馬謖は、軍人として使うことにした。本人もそれを望んでいたからだ。ほかには、優秀な校尉を、これまでの実績から選び出し、成都に出頭させては、孔明自身で会った。その中から、将軍を育てあげていくしかないのだ。

白帝にいる劉備からは、蜀の力を回復するために力を尽してくれ、という書簡が届いている。成都へ戻ってくる気はないようだ。

成都の周辺の城郭から、孔明は百名ほどの供回りで巡視しはじめた。役人の不正は、許していない。無駄を省く。とりあえずできるのは、それだった。

馬謖は、白帝から戻ってきた趙雲とともに、新兵の調練をはじめている。劉備や張飛が調練に使った営舎が、方々に残っているのだ。

趙雲を成都に呼んだのは、やはり成都にどっしりとした重みが必要だからだ。五虎将軍と称された蜀の雄将で、健在なのは趙雲だけだった。趙雲に馬謖を付けていれば、馬謖はさまざまなものを吸収するはずだった。いまは、二万の新兵の調練に取りかかっているところだ。

集めなければならないものも、少なくなかった。武具や具足が、絶対的に不足してきている。馬も、綿竹の牧場から補給されるだけでは、到底間に合わない。軍袍から幕舎までの軍需品も、相当に必要になってくる。

蓄えを放出し、馬以外のすべては蜀の国内で調達させた。それによって、産業が潤う。潤ったところからは、税としていくらかは回収できる。そういうことでは、費褘や董允が力を発揮した。

馬については、遠く北の白狼山にいる、洪紀と成玄固に、孔明は書簡を認めて依頼した。綿竹の牧場にも、新しい馬の血が入った方がいい、とは言われていたのだ。財政が逼迫している。それを立て直す自信は孔明にはあったし、さらに豊かにする方法も頭には思い描いていた。

しかしそんなことよりも、深夜ひとりになると、歯ぎしりしたくなるような後悔に苛まれるのである。

陸遜が採った戦術。七百里も八百里も退がりながら、攻撃の機を耐えに耐えて待つ。ここぞという時に退路を断ち、全軍で殲滅させる。まさに、孔明が撤退の奇策として考えた戦術そのものだった。自分が現場にいないという一点にこだわって、孔明はそれを劉備に建策しなかったのだ。

夷陵まで押しこみ、そこで突然全軍が慌てて撤退する。呉軍は、追撃の誘惑には勝てなかったはずだ。夷陵から巫まで、兵を埋伏させられる場所も、いくらでもあった。

陳礼の若さを、考慮しておくべきだった。張飛が指揮を執っているのなら、任せている方が無難だった。しかし先鋒は陳礼だったのだ。たとえ成都からであろうと、しっかりした建策を孔明は劉備に出すべきだった。もしかすると、劉備はそれを待っていたのかもしれない、とも思える。

そう考えると、自分は劉備の期待をも裏切ったのだ、と孔明は思った。劉備が蜀漢の帝になったのを機に、孔明は丞相ということになった。頭の中には、いつも魏のことがあった。だから、江陵、武昌を奪ったら、北への進攻ということばかりを、考えていたのだ。自分の戦略だけしか、見ていなかった。

しかし孔明は、劉備の軍師なのだった。軍師として乞われ、劉備の幕下に入ったのだ。その軍師が、荊州攻めに関しては、なにひとつとして建策しなかった。馬良を付けているという思いはあった。軍学に関しても、馬良は秀抜なものを持っていた。しかし、実戦の経験はほとんどなかったと言っていい。

罰せられるべきは、自分ではないか。夜毎、その思いが孔明を苛んだ。

成都近郊から、少しずつ巡視する城郭を拡げていった。その間も、頻繁に成都からは指示を仰いでくる。それについては、深夜ひとりになった時に、どうすべきなのか指示の書簡を書いた。

すぐに、成都に戻ることはできない。蜀内の巡視を終えるまでに、あと数カ月は必要だった。それで、国内は落ち着く。劉備を成都に戻し、もう一度天下ということを考えるのは、それからだった。

去る者もあり

1

　水軍を主力にした荊州守備軍を江陵に置くと、陸遜は兵をまとめて武昌へ戻った。大勝だった。その勢いに乗じ、さらに益州に進攻せよという意見もあったが、陸遜は相手にしなかった。蜀の侵攻の脅威を取り除いたいま、呉は、呉であることを主張する。それは、魏と対立するということだった。

「夷陵、夷道の陣営では、おまえに逆らった者が多かったという話だが？」

　孫権は、勝利の労いの言葉のあと、すぐにそれを訊いてきた。

「当然でありましょう。軍人らしく、私の命令に黙々と従った者も、反撥した者も、ともに考えていたのは勝利です。その意味において、殿下は立派な幕僚をお持ちです」

「しかし、軍令違反に近いことをやった者もいた、と聞いたぞ」

「それも、勝利を第一に考えたからです。私は、そう思っています。軍権を与えられていた私に逆らうには、勝利への思いがなければできないことです。殿下も、どうかそういう思いを評価されますよう」

蜀との対峙の間、呉は魏に臣従した。合肥の戦線の兵力も、かなり対蜀戦に割く必要があったからだ。

臣従して、孫権は呉王に任じられた。変ったのは、呼び名が殿下になったことだけだ。

「主力を撤収させた理由は、陸遜？」

「魏が、そろそろうるさいことを言ってきているのではありませんか、殿下？」

「ふむ、そこまで見通していたか。実は、早く登を洛陽に寄越せという使者が、すでに三度も来ている」

臣従すると、言葉で言えばいいものではなかった。それなりのものが、要求される。太子の孫登を人質として送る、というのがそれだった。

「太子は、風邪を召されました」

「なるほど」

「しばらく時を稼いでいただけるだけで、合肥の戦線へ精鋭を展開させることができます」

「勝てるか？」

「合肥、寿春を奪るという意味でしたら、相当に困難です。蜀との合同作戦が必要でありましょう。蜀が、雍州に進攻すると同時に、われらが合肥、寿春を奪るのです」

「闘ったばかりの蜀と、合同作戦か」

「だから、すぐには困難でありましょう。蜀はまず、その国力を回復することに専心するでありましょうし」

「変ったな、陸遜。戦の前とあとでは、ずいぶんと違う男になった」

「士別れて三日、即ち刮目して見るべき」

「呂蒙が言ったことであったな」

「男は、変れるものだと、この戦で私も実感いたしました」

武昌の館の、孫権の居室だった。部屋の外に侍中（秘書官）がいるだけで、二人きりだった。

この主人の肚の底が、陸遜にはやはり読めないところがある。合肥、寿春を奪ることを悲願としている。何度も、合肥の戦線には自ら軍を指揮して出かけていった。確かに合肥を奪ることで、長江は完璧に呉のものになる。長江の利で、国を豊かにしようという考えもわかる。しかし、その先が読めないのだ。天下なのか。確かに、孫権はそう言った。それなら、合肥ではなく、荊州北部の樊城あたりを奪る方法もある。そこからじわりと圧力をかけていけば、合肥はたやすく奪れるかもしれない。

孫権が、荊州北部にあまりこだわりを持たないのは、長江に関わってこないからだとも思える。

肚は読めないが、陸遜に与えた軍権を、最後まで召しあげなかったという、大きなところもある。ずるずると夷陵まで押しこまれた時には、武昌でも当然その声があがったはずだ。

「合肥の張遼は、実に粘り強い。軽騎兵も健在であるしな」

合肥の戦線の魏軍は、長い間張遼が指揮してきた。時折曹操が大軍を率いてやってきたが、それは濡須口から建業を攻めようという目的で、合肥を守り続けてきたのは張遼なのだ。

天下に、すぐれた軍人は多い。

「今回も、曹丕は大軍を率いて来るであろう。せっかく、南にむけて大軍を集結させたのだ。曹操と較べて、どれほどの軍略があるかはわからぬが、民政の手腕は相当なものだ」

「魏軍を追い返すということに関しては、できると申しあげられます」

規模から言えば、蜀軍より魏軍の方が遥かに強大だった。しかし、陸遜はそれほど切迫したものを感じてはいなかった。軍の持つ迫力が、蜀軍とは違う。

対蜀戦が終ってから、陸遜はどこか楽天的になってもいた。慢心したというのではない。勝敗にこだわることより戦の大局を見るべきだ、という思いに達した。その時、躰から力が抜けた。

いまはもう、体調もすっかり回復していた。血の混じった小便が止まらなかった時が、まるで嘘のようだ。

「私は、兄を失った。次には、兄同然だった周瑜を失った。それから魯粛を失い、呂蒙を失った。いま、合肥の戦線を支えていた甘寧が、重い病に倒れている。しかし、失うことばかりではないようだ。おまえのような将軍が育ってきた」

「もっと若い者も、今度の戦で成長しました。それに軍には、韓当将軍という長老が健在です」

「あの老いぼれは、今度の戦でも死ねなかった。これからも、死に場所を求めて、うるさいことを言うであろうな」

「今度の戦では、韓当将軍に感謝しても、し足りないほどです」

「まあよい。老いぼれからは、学べるものは学んでおくものだ。いつまでも生きている、というわけではないからな」

幼くして孫権は父を失い、十九歳の時に兄の孫策を暗殺されている。死んだ程普や黄蓋、そして韓当や張昭を、父のように思って成長したのかもしれない。

武昌を出ると、そのまま船で建業まで下った。

諸葛瑾と呂範が出迎えた。

「どうも、甘寧殿の病が思わしくないのだ、陸遜殿」

呂範は、営舎に入るとはじめにそれを言った。孫策のころからの、古い幕僚である。

「戦に出ると言ってはおるが、あの躰では無理であろう」

「仕方がありますまい。それに、凌統が参ります」

甘寧と凌統は、因縁の間柄だった。かつて甘寧が江夏の黄祖のもとにいた時、凌統の父親を討っているのだ。

魯粛や呂蒙も、できるだけこの二人を近づけないようにしていた。

兵の配置は、諸葛瑾が説明した。諸葛亮の兄だが、切れるという印象ではない。

ただ、説明の仕方は簡潔だった。

「わかりました。魏軍が動き出すのは、夏でしょう。それまでに、迎撃の準備は充分に整います。私は明日、濡須城にむかいましょう」

「それは陸遜殿。建業に御家族がおられるではないか」

呂範が言った。

建業の館には、妻子がいる。無論会っていくつもりだが、妻とはうまくいっていなかった。孫策と、美人の誉れが高い大喬夫人との間の娘である。確かに美しかったが、しばらく一緒に暮すうちに、美貌にはあまり心が動かなくなった。

一代の風雲児で、江東の小覇王と称された父を、この世で最高の男だと思っているところがある。結婚したばかりのころから、陸遜は小覇王と較べられ続けてきたのだった。

その日は館へ帰って泊り、翌朝早く、濡須口へむかった。

数日かけて、前線を視察した。

さすがに甘寧の指揮下にあっただけに、防衛線の緩みはなかった。兵の士気も、低くない。

夷陵で蜀軍に大勝した陸遜を、校尉（将校）たちは畏敬の眼で見てくる。そんなものは、一度負けると軽蔑の視線に変りかねない。

校尉たちを五、六人ずつ呼んでは、話をした。それで、軍内の雰囲気もよくわかった。

六月の終りごろ、淩統が四万の軍を率いて到着した。将軍に昇格した朱桓も一緒である。その軍は、対蜀戦に参加した兵の中から、再編成したものだ。今後、陸遜の直属になる。致死軍も、それに入っていた。

「明日から、調練を開始せよ、朱桓」

船で来た兵である。船上では、あまり動くこともない。躰がなまっているのだ。

「淩統、甘寧殿の病は、かなりひどいようだ」

「関係ありません、陸遜殿。甘寧将軍は、いまでは呉の功臣のひとりです」

濡須城の城塔だった。ここからは、長江が一望できる。

「殿下に、拝謁はしてきたのか？」

「はい。武昌は通りますので。新編成の軍も、殿下は御覧になりました」

「合肥から寿春を奪ることを、殿下はお望みだ」

「それは、わかっておりますが」

「難しいな。魏軍を追い返すので、精一杯だろう。しかしいつかは、合肥、寿春を奪りたい。なにしろ、殿下がお望みなのだ」

「はい」

「しかし、天下を望まれているかどうか、私にはよくわからなかった」

「それは当然ながら」

「揚州、荊州で、豊かな国を作ろうと考えられているかもしれん。慎重で、多くを望まない方でもある」

「殿下は、はっきりそうはおっしゃらないのですね」

「われらが天下への道を拓けば、当然殿下はそこを進まれる。これは、私とおまえだけの話だが」

「われらは、天下への夢を抱き続けるということですか」

「周瑜将軍の夢を、私とおまえは受け継いだ。私は、そう思っている」

「天下への道を、陸遜殿とともに拓きたい。殿下が、歩かざるを得ないような道を。私は、はじめから天下を見ていました」

「一度だけだ、これを言い交わすのは」

陸遜が言うと、淩統が頷いた。

2

いま呉を攻めるのは得策ではない、と司馬懿は曹丕に進言していた。その意見は、陳羣も同じだった。呉は、蜀を徹底的に打ち破ったばかりで、勢いに乗っているのだ。

出兵の理由も、よくない。孫権が息子を人質に出さないからと言うのだ。臣従しているといっても、形だけのことだということは、はじめからわかっていた。息子を差し出せば、ほんとうの臣従になってしまう。いまの孫権がそれを肯じないことぐらい、曹丕にもわかっているはずだった。

なにか、もうひとつ深いところを、曹丕は考えている。司馬懿にはそれがわかったが、出兵は反対という意見を崩さなかった。曹丕の屈折には、ただ正論で相手をしていた方がいい。

出陣の陣容を知って、司馬懿にはぼんやり見えてきたものがある。起用された将軍は、曹休、曹泰、曹真、曹仁という顔ぶれだった。

曹操が死んだ時、軍内で最も力を持っていたのは、夏侯氏だった。夏侯淵は戦死していたとはいえ、軍の頂点には夏侯惇がいた。そして要職を、夏侯一族が占めていたのだ。それは一族だからというのではなく、それなりの働きがあったからだ。夏侯惇が死んでから、曹丕は注意深く夏侯一族を要職からはずしてきた。

　そうなると、必然的に、曹仁の一族が浮かびあがってきた。もとを辿れば、曹丕とも同じ一族だが、軍内では曹仁を中心にまとまっているところがある。曹操が最初に兵を挙げた時、馳せ参じたのが、夏侯一族と、曹仁、曹洪だった。曹洪は一度患ってから、引退も同然の状態にある。曹仁のもとに集まった者たちが、眼に見えて力を伸ばしはじめた。

　曹丕は、軍中での一族の力があまり好きではないのだ。自分を脅かす勢力になりかねない、とすら思っているのかもしれない。

　今度の戦は、曹仁の力を試すと同時に、その力を排除したいという思いもあるのだろう。もし排除できれば、軍内で特に力を持った一族は存在しなくなる。

　力を持ったのは、曹操との関係があったからだ。曹丕はそういう軍を、もっと組織的なものに変えたいと考えているのかもしれない。

　少なくとも、民政では曹丕はそれをやったのである。

最後の会議でも、司馬懿は出兵反対の態度を貫いた。総大将に指名されるはずの曹仁は、強硬に出兵を主張した。別に大きな野心があるわけではないことは、司馬懿にもよくわかった。手柄を立てる機会を逃したくないという、軍人の性のようなもので、曹仁は出兵を主張しているだけだろう。

その会議で、曹丕自らが出陣し、帝の親征になるということも決定した。

曹仁には、負けることは許されなくなった。

曹丕のやり方というのが、司馬懿にはもっとはっきり見えてきた。この戦が、勝てればそれでいい。もし負けることがあれば、親征を敗北させたということで、曹仁は大きな打撃を受けることになる。

緻密で、狡猾なやり方だった。そのあたりは、父の曹操とはまるで違う。仕えていても、たえず緊張を強いられるのだ。

それが、司馬懿は嫌いではなかった。

曹丕が留守の間の洛陽の守備は、司馬懿が命じられた。留守の間に、弟のことを片付けておけ、ということなのだ。曹植は、何度かの国替えで食邑（扶持）がずいぶんと減っていたが、まだ酒の上の問題が絶えなかった。放っておいてもなんの力もないのだが、曹丕の性格はそれを許さない。惨めな方へ、惨めな方へと、曹植を追いこもうとした。母が同じなので、時々そこから横槍が入る。もしかすると、曹植が泣きついていることも考えられた。母親を一応安心させながら、弟をさらなる惨めさの中に追いこむ。曹操の後継を争った時のことを、曹丕は忘れていないのだった。扱いを間違えると、曹丕の不興を買う。具体的なことをなにか言っていくわけではないので、戻った曹丕の顔を見るまで、意に添った仕事ができたのかどうかわからない。

そういう綱渡りのようなことも、司馬懿は嫌いではなかった。

三十万という大軍を組織して、曹丕が出陣していった。二十万はすでに南部にいたので、実際に率いていったのは十万である。

司馬懿はすぐに工作をはじめ、曹植に付いている監視役の臣をそそのかし、いまの封土では帝の弟として格が低すぎるので、なんとかして欲しい、という嘆願書を書かせた。格という言葉を、わざわざ遣わせ、食邑をあげてくれとは書かせなかったのだ。

封土の格上げということで、皇太后の了解も取った。あとは、曹丕が頷けばいいだけだった。

領くはずだった。新しい封土は、格と名目上の食邑はいまよりずっと上だが、耕地が荒れ果てていて、いまの封土の半分の収穫も見込めない。

曹植のためというより、名だけは大事にしなければならない諸侯のために、そういう土地をいくつも司馬懿は調べあげていた。

そういうものは、いわば片手間の仕事だった。

曹丕が留守の間に、雍、涼二州の情勢をしっかり把握し、打つべき手を打っておく必要があった。それは、陳羣との共同の作業になる。

人口の把握さえも難しい地域だったが、張既が涼州へ行ってから、叛乱はあまり起きなくなっていた。

力で、押さえつけようとしていない。一万の兵力しか抱えていないのだ。しかし豪族を糾合して、六、七万の軍は動かせるようになっていた。二、三度起きた叛乱は、それによって鎮圧している。

「いまのところ、うまく事は進んでいる。しかし、中央から役人を送るのは、消えかかった火に新しい薪を放りこむことになる、と思うのだがな、陳羣殿」

「私も、そう思います」

「といって、張既の軍政をいつまでも続けるのにも、問題はある」

雍州、涼州は、相変らず不気味さを孕んでいた。呉と蜀の戦では呉の大勝だったが、もし蜀が勝っていれば、戦勝の勢いをかって、雍州にも進攻してきた可能性がある、と司馬懿は見ていた。

諸葛亮なら、考えそうなことだ。

将軍の配置を見ても、荊州だけを攻めるというには頷けないものがあった。張飛が暗殺されたにもかかわらず、それに代る将軍を先鋒に持ってきていない。陳礼という副官が、そのまま張飛軍を指揮している。

涼州では圧倒的な名声を誇る馬超は病で死んだという噂だが、従弟の馬岱がいる。漢中には魏延、そしてなにより趙雲がいた。その有力な将軍たちは、雍州に進攻する構えでいたのではないのか。そうなっていれば、五万、十万の兵はすぐに集まり、涼州も蜀に靡いただろう。長安の軍は、南の蜀軍にむかわなければならなくなり、孫権はその機に合肥を攻略しようとしたはずだ。つまり魏は、三つの戦線を抱えなければならない、瀬戸際にいたのだ。

関羽が北上してきた時も、一歩誤れば、雍州、涼州から中原にまで蜀軍に食いこまれていただろう。

蜀が、一気に魏と肩を並べるまで大きくなる。そういう戦略もあり得るのだということを、あの時、いやというほど知った。そして今度も、それを考えていたふしがあるのだ。諸葛亮がやることは、予測がつかない。とにかく、雍州、涼州をしっかりかためることだった。

「なにか、名案はないかな、陳羣殿」

「役人の登用制を、西涼にも当て嵌めてみるということを考えたのですが、いささか無理があります。教育ということが、あまりなされたことがない地域ですから」

「張既殿も、もう五十三か四だな」

「たとえば羌族の若い者で、そこそこの教育を受けた者の中から、何人かを張既殿に推薦していただくというのは、どうでしょう。張既殿なら、どういう家かも御存知でありましょうし」

「そして、洛陽でもう一度民政の教育をやるのか？」

「十五歳から、二十歳ぐらいまでの青年を」

「時間がかかりすぎるな」

「こういうことは、時をかけてやるのが一番確実なのかもしれません。羌族の自治領にするわけではなくても、役人の主要な部分に羌族が加わっている必要はあるでしょう。結局、民を納得させられるのは、同じ部族の人間ではないでしょうか」

「いまが機かな。蜀は、呉に大敗して、著しく国力を落とした。ほとんど国が潰れるほどの衝撃だっただろう。そこから立ち直るには、三年、四年の時が必要だ」

「いずれ、蜀は北上してくる、と司馬懿殿はお考えなのですね？」

「蜀に、諸葛亮がいるかぎりは」

「やはり、時をかけて羌族の民政官を育てましょう。なにかあって緊急に対処しなければならない時は、その時に考えるということにいたしませんか」

なにが起きるかわからない以上、事前に対策の立てようもないのだ。

洛陽に呼んで、誰にどういう教育をさせるのか。それは、陳羣が考えればいいだろう。民政に関しては、曹丕の眼は厳しい。

河北の民政は、安定していた。魏の穀倉と呼んでもいい地方で、そこがあるかぎり、国力の心配はいらない。

「軍の状態は、いかがです、司馬懿殿？」

「それが、なかなか陛下の思う通りにはいかん。古参の将軍と若い将軍を、たやすく入れ替えられないのだ。先帝（曹操）の麾下にいて、戦につぐ戦で経験を積みあげてきた古参の将軍と較べると、若い将軍たちはやはり見劣りがする。私も含めてだが」

「これから、経験を積めばいいではありませんか」

蜀を相手には、そう甘いことを言ってはいられない。諸葛亮なら、一度の勝利を増幅して大きくしていく術も持っているだろう。

若い将軍というのは、曹丕の考えだった。それ自体は間違っていないが、徐々に進めるべきだ、と司馬懿は考えていた。張遼、徐晃、張郃などは、あと数年は使える。曹丕が嫌う、軍内での派閥とも無縁だ。

「とにかく、合肥の戦の帰趨によって、また軍も変るだろう」

いま、魏国内での急務は、雍州、涼州の安定だけで、それは一応張既が果していた。

洛陽にいるかぎり、ゆったりと執務を執っていられる。夕刻には、館に戻ることが多かった。

館のことを思い出すと、司馬懿はいささか憂鬱になった。三人の、どうでもいい女しかいないのだ。情欲は持て余すほどで、いまは三人を交替で抱いている。

しかし、あの女がいないのだ。

たおやかな挙措の、ふっくらした好みの女だった。寝室に入るまでは、実に従順だが、一旦寝台で裸になると、豹変するのだ。見せるだけで、なかなか躰に触れさせない。執拗に足の指を舐めさせる。はじめはその程度だったが、やがて司馬懿に跨るようになり、耳もとで罵倒したりするようになった。自分で驚くほど、司馬懿にとってはそれが快感だった。冷静な時に思い出すと、吐き気がしそうなことまで、司馬懿は女に命じられてやるようになった。

あれは、なんの快感だったのだろうか。司馬懿は、その女を大事にした。毛ほども傷つかないように扱い、許されると、その女にだけは中で精を放った。

この女を失うと、もっと身を切るような快感があるかもしれない、とある日司馬懿はふと思ったのだ。あの時の心の動きも、いまでは理解できない。

寝室で、いきなりその女の首を刎ねた。

快感が、あったのかなかったのか、よくわからない。しばらくすると、喪失感だけが強くなった。三月ほど前のことで、その喪失感はいまもまだ続いている。

狂っていたのかもしれない、と司馬懿はしばしば考えた。寝室では、自分がどうなってしまうかわからない、というところがある。

いまは、以前の状態に戻っているが、充実感はなかった。

「これまで、呉との対立は合肥ばかりでしたが、これからは荆州の北部でぶつかることもしばしばあると思います。若い将軍を、そこに投入するように陛下に進言されたらいかがです、司馬懿殿？」

陳羣の声が、遠かった。

司馬懿はわずかに頷いたが、殺してしまった女のことを頭では考えていた。

自分は確かに後悔している。女ひとりのことで後悔している自分が、不思議でもあった。

3

しばらくは、対峙だった。

魏軍は三十万と言い、確かに圧倒的な大軍だったが、曹丕の本陣はかなり退がったところにあり、十万が付いていた。実際に戦線に出てきているのは、二十万というところだ。

大した敵ではない。慢心ではなく、陸遜はそう思った。三方から攻める構えを取っているが、ほんとうの狙いは濡須口だということが、布陣を見ていてはっきりとわかった。

大軍を恃んだ布陣である。

圧倒的な大軍を擁した時、不思議に魏軍は勝っていない。赤壁がそうだったし、漢中攻めもそうだった。

数を恃むというところが、将にも兵にも出てしまうのかもしれない。あるいは、大軍の動かし方の経験がないかだ。

三十万の大軍を前にして、陸遜はいろいろと考えないわけではなかった。しかし、蜀軍を前にした時のように、息苦しくはならない。恐怖にも襲われない。落ち着いた状態で、熟考することができるのだった。

「慢心はしていない。自分ではそう思っているのだが、どうも敵の迫力が肌に迫ってこない。勝てると思えるような、敵なのだ。私は、やはり慢心しているのだろうか?」

前線の視察を終え、営舎に戻った時、陸遜は淩統に訊いた。

「申しあげようと思っていましたが、私も魏軍にあまり脅威を感じません。それは、蜀軍とは大違いです。陸遜殿は、決して慢心しておられるわけではない、と思います」

「淩統も、手強い敵ではない、と感じるか」

「呉を潰そうという気で、出撃してきた敵ではないと思います。完全には臣従しない国を、ちょっとばかり懲らしめる。将にも兵にも、そんな気持があるのではないでしょうか」

確かに、孫権が人質を拒否したがゆえの、出兵だった。

「私は、これでも考え抜いてはいるつもりなのだが」

「わかります。陣の敷き方を見れば」

「慢心ではない。自分にそう言い聞かせることが、煩わしくなっているほどだ」

「いいのではないでしょうか、敵を見きわめられているのですから。いまだから言えますが、蜀と対峙していた時の陸遜殿は、正視できない容貌をしておられました。ひどく痩せられ、こけた頰はどす黒く、飛び出した眼が異様なほどの光を放っていました。周瑜様が亡くなられる直前のことを、私は思い出しました。どうしてさしあげることもできず、黙って自分の任務を果すだけでした」

「一緒に死んでくれる、と言ったではないか」

「できることは、死ぬことしかありませんでしたから」

淩統が、低い声で笑った。

「それだけ、蜀は難敵だったのだろうと思います。いま思い出しても、全身に粟が生じるほどですから」

「まったくだ。ああいう敵と、また闘いたくはないな」

「いま、陸遜殿は、もとの表情に戻られています。顔色もよく、眼の光は落ち着いたものです。つまり、陸遜殿を変えられない程度の敵なのだろうと思います」

「しばらくは、膠着だな。そしていずれ、むこうが動き出す」

部将の配置にも、甘いところが見えていた。長く合肥で闘ってきた張遼を、曹丕は本陣に呼び寄せている。

「三方から、同時攻撃ですね。しかし、濡須口を奪らなければ、意味はない」

ほかの二点は、洞口と南郡だが、奪られたとしても、水軍を遣えばすぐに取り戻せる。濡須口は曹操も欲しがっていたところで、建業ののど首と言ってもいい。

「私は本陣を、南に二十里（約八キロ）ほど退げようと思う。濡須城を、朱桓に任せてみたいのだ」

「それはいい。朱桓なら、きっと守り通すと思います」

賭けの要素はある。しかし、最初というのは、誰にもある。淩統も、十五歳で戦場へ出、その時に父を討たれた。父の屍体を守り通して、生還したのだ。

「よし、おまえが賛成してくれるなら、朱桓に濡須城を任せよう」

陸遜は、二十里本陣を退げた。別に考えていることがあったのだ。

膠着がひと月ほどになった時、陸遜は軍議を開き、さらに本陣を十里南に退げることを告げた。

「濡須城は、朱桓が守れ。三万の守兵だ」

呉軍は、十万足らずだった。三万の意味は、小さくない。朱桓は、蒼ざめ、強張った表情をしていた。濡須城が主戦場になることは、誰もが予想している。

「闘い方は、任せよう。要は、濡須を奪られさえしなければいいのだ」

「はい」

軍議が散会しても、陸遜は朱桓に声をかけなかった。すぐに、本陣を十里南に退げた。兵は一万五千である。

朱桓は、まず濡須城の防備をさらに強固なものにしていった。すぐには、それしか思いつかなかったのだろう。

やがて、ほとんど姿を見せなくなった。陸遜が前線を巡視する時も、城塔に副官が出てきて、敬礼するだけである。

膠着は続いた。

曹仁は、こちらの陣を見て、攻めあぐねているというところだろう。時として小部隊を出してくるが、探りを入れているのだと、すぐにわかった。

「朱桓は、毎日、部屋に籠って地図を見つめているそうです」

凌統がやってきて言った。

地図などとうに頭に入っているが、どうしても見てしまう。気持は、よくわかった。苦しんでいることも、わかる。

「あまり食わないそうです。眠れないようで、眼の下に隈が張りついていると、副官は言っていました」

凌統は、陸遜の指揮下にはいるが、二千騎を率いた遊軍として動いていた。呉の陣営の、どこにでも行く。いまは、敵の斥候を牽制する程度の動きしかしていないが、実戦に入ると役に立つはずだった。呉軍の騎馬隊は、まだ精鋭とは呼ばない。それを、凌統に育てさせるつもりだった。馬も、揃えなければならない。

北へ進攻する時は、騎馬隊は必要なのだ。

「一度ぐらいは、話をしてやれ、凌統。蜀軍と対峙していた時は、韓当将軍が話しに来てくれた。それで、ずいぶんと救われた」

「わかりました。副官に様子を訊いて、決めることにします」

寒い季節になっていた。それでも、膠着はまだ続きそうだった。曹仁も、さすがに経験を積んだ武将で、まともなぶつかり合いをすると、犠牲が大きすぎることは読んでいるのだろう。

大軍で力押しをしてくれれば、一番楽だった。朱桓には城に籠らせる。そして水上と陸上から、昼夜を問わず、攻囲軍に攻撃をかければいいのだ。濡須城の兵糧は充分である。

さすがに、曹仁はその愚を犯さなかった。

ただ、城にじわじわと圧力はかけはじめていた。前衛が、十里（約四キロ）ほどのところまで出てきたし、夜間に奇襲の真似事も盛んにやっていた。

「参っています。ちょっとかわいそうになるぐらいに。私がなにか言っても、耳に入っているのかどうかわかりません」

朱桓の様子を見てきた淩統が、自分も暗い顔をして言った。

ここは、ひとりで耐えなければならないところだ。血の小便を流しながらでも、弱音だけは吐いてはならないところだ。

三月ほどの対峙を続けた時、いくらか寒さが緩みはじめた。季候の変化は、戦機が熟したことを教えている、と考えてもいい。人の心の状態も、闘いにむかうのだ。

流言が流れはじめた。

魏軍が、濡須は放っておいて、下流の羨渓を攻めるというのだ。それによって、さらに下流の洞口と濡須を分断できる。

実際に、大軍が動きはじめた。

二段に構えている、と陸遜は思った。

しかし、濡須城から軍が出た。およそ二万五千。城内に残っているのは、わずか五千である。斥候の報告を聞いても、陸遜は本陣を動かさなかった。

朱桓は、曹仁の陽動作戦に乗せられたのか。城を出た軍の中に、朱桓の姿はないという。

曹仁軍十万が、濡須城を攻撃しはじめた。羨渓にむかったのは、五万ほどか。城を包囲した曹仁軍は、急激にその輪を縮めた。城からは、なにひとつ反撃していない。

攻撃は曹仁自ら指揮し、先鋒には息子の曹泰がいるようだ。

淩統の二千騎が、本陣に駈けこんできた。

「側面を衝くべきではありませんか、陸遜殿。このままでは、朱桓を見殺しにすることになります」

「二万五千を城外に出したのは、朱桓だ」

「なぜそうしたかは、あとで問い質せばいいことです。早く横から衝かなければ、濡須は落ちます。それでいいのですか？」

「淩統、朱桓は、私が見込んで将軍にした男だ」

「しかし」

「まだ、一度も闘っていないのだ。闘いもせず救援を受けるような男を、将軍にしたつもりはない」

それでも、陸遜は耐えるような気持だった。

なぜ、反撃をしないのか。城壁に、兵の姿すらないという。斥候の報告を聞くたびに、陸遜は手を握りしめた。

「せめて、本陣を十里前進させてください」

「朱桓は、ここが本陣だと思っている」

先鋒の曹泰が、城門に突撃を開始した、という報告が入った。城内の五千は、すでに闘う気力を失っているのか。そんなはずはなかった。陸遜は、胡床を動かなかった。攻撃軍の喊声が、陸遜の耳にまで届いてくる。

反撃。敵兵が城壁に取りついた時、一斉に反撃がはじまったという。半数は城壁に取りついていた先鋒は、矢を浴び、大量の石を落とされ、相当の犠牲を払ったようだ。斥候の報告が、次々に入ってくる。

城兵五千が、いきなり城を出て敵に襲いかかったという報告が入った時、陸遜(りくそん)は思わず胡床(こしょう)から腰をあげた。

「攻撃をかけているだと？」

「朱桓(しゅかん)将軍が先頭で、魏(ぎ)の先鋒を散々に打ち破っています」

しかし、五千だった。敵は十万である。

「凌統(りょうとう)、騎馬隊で側面に突っこめ。本陣の兵も、直(ただ)ちに攻撃に移る」

「行きます」

凌統が馬に跳び乗り、駆け去った。

本陣の全軍を、陸遜は動かした。

「五千で、十万に突っこんだだと」

馬上で、陸遜は呻(うめ)いた。

斥候が一騎駆けてきた。

「羨渓(せんけい)にむかっていたはずの二万五千が、敵の背後を衝き、退路を断ちつつあります」

「いたのか、濡須(じゅしゅ)のそばに」

凌統の騎馬隊が、すぐに突っこむ。本陣の一万五千も、到着する。城外で、十万を打ち破れるかもしれない、と陸遜は思った。少なくとも、痛撃は与えられる。

陸遜が到着した時、すでに曹仁軍は撤退をはじめていた。

「行け」

陸遜は、そばにいた男に言った。

敵を騎馬で追い散らしていた淩統が、笑いながら駈け戻ってきた。

「朱桓のやつ、曹仁を手玉に取りましたぞ。さすがに、陸遜殿が見込まれた男だけのことはあります」

ほかの二カ所でも反撃を開始するように、陸遜は伝令を出した。城の周辺に、もう呉軍の姿はない。

「陸遜様」

朱桓が、血まみれで戻ってきた。すべて返り血のようだ。

「兵をまとめろ、朱桓。魏軍は、まだ去ったわけではない」

「はい」

「淩統、笑っていないで、敵の背後をもう一度ひっかき回してこい」

本陣を、城の二里（約八百メートル）前方に置いた。まるで先鋒という位置である。それが、陸遜が朱桓に払った敬意だった。

濡須城の攻撃軍が撤退したという情報が入ったのか、ほかの二カ所の戦線でも、魏軍は撤退をはじめていた。

その日の深夜、路芳が報告に来た。

「混乱に紛れて、本陣に矢を射かけ、うまく離脱することもできました」

致死軍に、曹丕の本陣を乱せ、と命じたのだ。少しは、曹丕の心胆を寒からしめてやった方がいい。

「犠牲は？」

「二名が、躍り出してきた、許褚という親衛隊長に斬られただけです。あとは、混乱の中に紛れこみました」

「よくやった」

「曹丕のいるところまで、矢は届いたと思います。それと、確認はできておりませんが、張遼を射たのではないかと思います」

「間違いかどうか、間者に調べさせよう。張遼だとしたら、思いがけぬことだ。公にはできぬが、致死軍の軍功は大きい。いや、たとえ張遼ではなかったとしても、致死軍の働きを私は忘れぬ。よくやってくれた、路芳」

路芳が一礼し、闇の中に消えていった。

張遼が矢を射られたことは、翌日には確認できた。背中で、曹丕を庇うような恰好だったという。傷の程度は、よくわからなかった。

合肥まで後退した魏軍が、洛陽にむけて撤退しはじめたのは、それから十日も経たないうちだった。

残った合肥駐屯の指揮官は、張遼ではなくなっていた。

4

濡須口での敗退が、魏の命運を左右するというものではなかった。

洛陽に戻った曹丕も、特に曹仁を咎めようという態度は見せなかった。ただ、張遼の負傷だけは、いくらか深刻に受けとめられていた。曹丕を矢から庇って受けた傷であることから、そこまで敵を侵入させた責任を言い立てる者はいた。

曹仁、曹泰父子は、自然に軍の中で孤立していった。

「それほど、呉軍は強力だったのですか、曹真殿？」

「私には、そうは見えなかった。もっとも、私が南郡で対峙していた敵は、主力ではなかったのだが」

司馬懿は、曹真とは親しい間柄だと言ってよかった。けれんのない、わかりやすい性格で、大した野心も持っていない。それに、曹丕と縁戚というわけではなかった。父親が曹操の身代りに死んだということで、幼いころから曹家に引きとられ、曹丕と一緒に育ったのだ。

「朱桓とは、一度の手合わせもなく？」

「顔も見ておらん。私が対峙していたのは、諸葛瑾じゃよ。およそ、戦をやりそうには見えなかった」

「魏でも、朱桓のような青年将軍を育てなければなりませんな」

「まったくだ。それに、若い将軍があまり戦を知らぬのも、問題だと思う。どんどん実戦に投入すべきだな」

有力な将軍の何人かとは、親しくするようにしていた。特に曹真が相手だと、曹丕も気分を害することがない。

宮中で、曹仁の姿を見ることはなかった。病を得たという噂だが、はっきりとはわからない。そう言って、人眼を避けているのかもしれなかった。

曹植の国替えの問題は、曹丕をいくらか喜ばせたようだ。格上げしながら、食邑は半分以下に減るのだ。いかにも曹丕好みの苛め方だった。

合肥の戦線から戻った曹丕は、翌日から政務を見はじめた。留守の間のことは、陳羣が細かく報告する。曹植の国替えも、事のついでのように決定された。

張遼が、死んだ。病だというが、濡須口で受けた矢傷がもとになった、という噂が流れた。すぐその後に、曹仁が死んだ。こちらは憤死だろうと囁かれている。

「合肥への出兵は、無駄だったと思うか、司馬懿？」

「負ければ、戦はすべて無駄でございましょう」

「張遼が死んだのは、なんとも惜しい」

「やはり、矢から陛下を庇ったのですか？」

「たとえそうだったとしても、あの矢は私に当たってはおらぬ」

張遼と曹仁の死で、軍ではかなり人が動くことになる。頂点に誰を置くか、相談のために司馬懿は呼ばれたのだった。

「たまには、無駄な戦もいいと思います。それが、五年後、十年後に生きてくればですが」

「司馬懿、おまえは誰が軍を統轄すべきだと思う？」

「曹真殿でございましょう。人望から言うと、そういうことになります」

曹丕は、司馬懿にだけ聞いているわけではない。曹真の名は、多分賈詡あたりからも出るはずだった。

「いくらか、若いという気もするが」

「軍は、若返った方がよい、と私は思います。張部や徐晃という将軍は、まだ陛下のお役に立つでしょうが」

「張部や徐晃が頂点では、不都合があるか？」

「実戦の能力と、統轄の能力は違います」

にやりと、曹丕が笑った。

すでに曹真に決めている、と司馬懿は思った。それでも訊いてくるところが、曹丕なのだ。

「おまえではどうだろう、司馬懿？」

「なにを申されます。私に軍の統轄ができるわけがございません」

「そうかな」

「一軍を率いて戦に行けと言われるのなら、どこにでも参ります。魏の軍の規模は大きいのです。曹真殿が駄目だと思われるなら、人材は雲のごとくありますぞ」

「呉の陸遜が、どういう男だかわかった」

不意に、曹丕は話題を変えた。

「蜀の諸葛亮というのがどういう男か、知りたいと思っている」

「いずれ、いやというほど知らなければならない男になるであろう、と私は思っております。いまは、蜀の再建で、戦どころではありますまい」

「民政の手腕がすぐれているということは、必ずしも戦にも能力があるとはかぎらん。孫権は、これからも戦を陸遜に任せるであろうし」

「稀に、天才がおります」

「私も、そう思っている。魏では、民政にたけた者は、それほど必要ではない。しかし、軍には天才が必要だ。これからまだ大きな戦があり、天下を統一しなければならぬからだ。曹仁は、父上の下で力を出せる男だった。張郃も徐晃も同じだ。そして父上は、民政にかけても軍事にかけても、天才であったと私は思う」

何人かの、天才がいた。孫策がそうだっただろうし、曹操がそうだ。

そして、諸葛亮。

「天才は、いまのところわが軍には見当たりません」

「おまえは？」

「諸葛亮に、遠く及びません」

「わかった。おまえが言ったことは、忘れないようにしよう」

ようやく、司馬懿は退出を許された。

曹丕の諮問は、実に多岐にわたった。そうやって、幕僚たちにものを考えさせようとしている、と思えることもあった。これまで諮問されたことのすべてを思い浮かべると、答えた内容より、自分の肚の中を全部見られたのだという気がしてくる。実際、そうやって曹丕は、臣下の者たちの隠れた部分を見つけ出そうとしているのかもしれなかった。

宮中を出ると、司馬懿は営舎にむかった。

曹丕が留守の時、洛陽の軍権を預けられはしたが、直属の軍勢は五千で、いまは洛陽の城内に駐屯している。

宮中で、執務をしなければならない時がある。曹丕から特命を受けるからだ。兵の調練などは、副官の郝昭に任せていることが多かった。精鋭というほどの兵ではない。

尹貞を呼び、しばらく話し合った。蜀の情勢についてである。尹貞には、それを調べさせていた。

曹丕は、諸葛亮を天才だと言った。それは、ただほめたわけではない。なにをやろうとしているか知りたい、という謎かけである。蜀は国力回復に専心するしかない状態だから、その方法がどういうものか、関心を持っているのだろう。

「とにかく、民政はしっかり整っていて、少々徴税が厳しくなったところで、政情が不安になることはありますまい。小さな叛乱でも、根気よく潰したり懐柔したりということをしてきましたので。ただ、いまの蜀の傷は、民政でどうにかなるというものではありません」

「南か？」

「でしょうな。応真という間者の頭が、自ら南に潜入しているという情報もあります。これは、確かなことではございませんが」

「南の制圧で国力を倍増させる以外に、なにも道はないか？」

「他国の侵略。と言っても、天下が三つになっている現状では、版図の拡大は困難です。やはり、南以外にありません」

「物産は豊かだと聞いたが？」

「まだわからないことが多いようですが、貧しくはないでありましょう。ただ、制圧すると言ってもたやすくはありません。異民族の統治ということで、魏にとっての涼州のようなものでありましょう」

「わかった。それで、白帝の劉備は？」

「白帝城を出、平地の城郭を永安と名付け、そこにいるつもりのようです。成都に戻るという、気力すら失っているのかもしれません。床に就いていることが多いようです」

「病、と見ていいのだな？」

「いまの状態ならば」

「よかろう、尹貞。ところで、蜀に潜入した者たちをそのままにして、荊州北部も同時に探る余裕はあるか？」

「五人ほどは、潜入させられます。孟達の動向でございますな」

尹貞は、さすがに読みが深い。合肥の戦線で魏が大軍を出したにもかかわらず、大敗した。その事実は、孟達の心の中のなにかを動かしているはずだ。

裏切ることで、大きくなってきた男だった。劉璋を裏切り、次には劉備と関羽を裏切った。しかしいまのままでは、新城郡の太守以上にはなれない。そうすると、魏を裏切る機会を狙うはずだ。呉と組むのか、それとも蜀に戻るのか。とにかく、戦で勝ち抜いて大きくなろうという考えが、孟達にはない。それもまた、乱世での身の処し方と言っていい。

いずれは、一州を統治したいという野望すら、持っているかもしれなかった。

今後、荊州北部でも、呉とはしばしばぶつかり合うことになるだろう。孟達の存在は、そこにおいても鍵になる。

「五人でもいい。いまから潜入させておこう」

「早速、人を選びます」

尹貞はもともと参謀だが、いまでは諜略の担当という感じになっている。ただ、司馬懿はまだ、大きな諜略を考えなければならないほどの立場ではなかった。曹丕に命じられれば別だが、その時は大抵五錮の者が動く。

営舎では、軍需品の消費の具合を点検した。無論、兵糧なども入っている。抜きうちにこれをやったが、不正を見つけたことはない。

細かくやっているというより、曹丕に見つかるのを恐れていた。曹丕はひそかに、各軍に数名の側近の役人を派遣しては、不正を洗い出している。軍袍一着でさえ、不明なものはないように、司馬懿は心がけていた。

久しぶりに、調練の現場へ行った。城外である。供は、いつも五名だけで、ちょっとした上級の校尉といったところだ。そういうところも、気をつけていた。

郝昭は、騎馬と歩兵をぶつからせていた。騎馬は二百で、ほかの部隊と較べるとかなり少ない。馬を配分する係の役人がいるが、圧力をかけて自分の部隊に多く取ろうとしたことはなかった。むしろ役人が圧力に困惑していると、自分の部隊の分を五頭、十頭と回してやったりした。

曹丕が留守の時、洛陽の守備を任された。その時は、数万の軍の指揮をすることになる。司馬懿が、大した部隊を持っていないから、ほかの将軍たちも受け入れてくれるのだ。

「馬の数が、絶対的に不足しています、司馬懿様」

調練が一段落すると、郝昭がそばへ来て言った。

「わかっている。馬に乗る者を、日々交替させるのだ。二千を、馬を見事に乗りこなす兵に育てあげることに、心を砕け」

「十日に一度しか、乗れないのです」

「だから、調練の質だ。いまのところ、馬を増やせるという見通しはないからな」

郝昭の長所は、粘り強いことだった。そして、生粋の軍人でもある。

「私が陛下に重用されている、と思っている者が多い。だから、目立ってはならぬ。自分の部隊にいい思いをさせてやることができぬのは済まぬと思うが、耐えてくれ」

「いえ、私は、そこまで深く考えて、馬が少ないと申しあげたわけではありません」

「わかっている」

「合肥(がっぴ)では、曹仁(そうじん)様が大敗され、戻ると亡くなられました。それでも、戦はこれからも続くと思います」

兵たちは、大休止を与えられ、思い思いに木陰で寝そべったりしている。

「そろそろ、おまえには言っておこうか」

「なんでございますか？」

「私は、精強(せいきょう)な軍を麾下(きか)に欲しい。一万でいいのだ。いずれ私は、陛下にお願いして、おまえを将軍に昇格させる。しかし、私の麾下だと思っていてくれ。その時には、充分すぎる馬も与えられる。おまえがいま鍛(きた)えている兵のうちで、これはと思う者を連れていってもいい」

「そんな。私は平凡な一校尉から、司馬懿様の副官に取り立てられたのです。それ以上のことは」

「私の副官でいるより、もっとつらいぞ。その一万は、危険な目に遭(あ)うことが多いと思う。それも、同時に覚悟してくれ」

「なんと申しあげてよいか、わかりません。どこにいようと、なにをしていようと、私が軍人であるかぎり、司馬懿様の麾下でいようという決心は、副官に取り立てられた時からしております」

「とりあえず、言っておく。私は、この乱世はたやすくは終らぬと思っている。全土が三国に分かれたからだ。二国に分かれたのなら決戦をすれば済むことだが、三国に分かれ、それぞれが違う方向へ歩こうとするので、ひどく複雑になってしまった」

「私に見えるのは、自分の立っている大地だけです。なにをせよ、と御命令をいただければ、それをやり通す自信だけはあります」

軍人は、それでいいのだ。しかし、遠くを見ようとする者が、多すぎる。陽炎を見る。幻を見る。そのすべてを、現実だと思いこんでしまう。乱世は、そうやって混迷を深めてきた。

そして自分も、幻を見ているひとりかもしれない、と司馬懿は思った。

滅びの春

1

長江の流れは、変ることがなかった。

眼を閉じると、劉備はいつもそれを思い浮かべることができた。益州の長江。荆州の長江。そして流れは、揚州を貫き、海に注ぐ。

尽きることのない流れ。それを思い浮かべると、不可思議な気分に包まれる。人の思いも、生きることの切なさも、なにもかもを流し、消し去ってしまうのか。いままで、どれほど人の愚かさや悲しみを呑みこんだのか。

ひと月ほど前までは、よく城壁に出て流れに眼をやった。

それも、いまではできなくなっている。足が、動かない。いや、動かそうという気力が湧いてこない。

病を得ている。そんな気がした。しかし、どこかが痛いわけでも、苦しいわけでもなかった。ただ萎えていく。かぎりなく、萎え続けていく。

戦のことは、あまり思い出さなかった。完膚なきまでに負けた。そう思っているだけだ。関羽と張飛のために、つまり小さな私怨で戦をやり、数万の兵を死なせた。そう言われてはいるだろう。後悔は、していない。男がやらなければならなかったことを、ただやった。

関羽や張飛のことは、よく思い出す。若いころのことばかりだ。夢は遠く、だから身を切るようなものではなく、流浪は愉しいものだったとさえ思える。流れ歩くことしか知らなかったから、ただ流れていた。

居室からは、長江は見えなかった。雲の垂れこめた、益州の空が見えるだけだ。雲もまた、流れていた。それを、劉備は寝台に横たわったまま、終日眺めていたりもした。

侍中（秘書官）が、成都から三人来ている。下女も、何人かいる。劉備にとっては、わずらわしいだけだった。守備隊とは別に、新編成の旗本も一千騎ほどいた。

一日に一度、侍中が寝台の横にひざまずいて、さまざまな報告をする。

蜀という国を作り、そこの帝になった。だからこういうことも、仕方のないことなのだ。

時々、国のことを考えてみる。成都で、孔明が実によくやっていた。自分の敗戦が、蜀を滅亡させるほど大きなものだったことは、よくわかっている。しかしわずかの間に、孔明はなんとか立ち直らせていた。

民が苦しんだだろう。孔明は、心を鬼にして、民から税を徴発したのだろう。それをさせているのが自分なのだ、ということはあまり考えなかった。そうやって苦労するのが、孔明という男の星であるに違いない。そして寝台にひとりきりで横たわっているのが、自分の星だ。

「今日は、水草と魚の屍骸、それに立ち枯れたものらしい古い木が流れておりました」

白帝城守備の指揮官である王平が、一日に一度報告に来る。そうしろと言ってあるのだ。

侍中と話したりするより、王平と過す時間の方が、劉備は愉しかった。長江に流れているものを報告せよと言うと、細大洩らさず報告してくる。一日じゅう水面を見つめているのではないか、と思えてくるほどだった。たまたま見て、印象に残ったものだけでいい、と二日目からは言った。

「巻き貝を食してはならぬぞ、王平」

「陛下は、よく御存知です。巻き貝で病を発することがあると、私は白帝に来てから知りました」

「貝は、自分の躰に毒をためこむ。そう言われておる」

「毒とは、なんの毒なのでありましょうか？」

「人の世の毒かもしれぬな」

「はっ」

「おまえは、なんでも言葉通りに取るのだな、王平。それは、悪いことではない。美徳と呼んですらいいものだ」

「私は、徳とは縁がありません」

「そんなことはない。徳など、自分であると思う方がおかしいのだ」

若いころから、徳の将軍と称されてきた。そう称されるようなことを、選んでやったのだ。それは、徳でもなんでもなかった。生き延びるために、徳を利用した。義でも、信でも、孝でもよかった。

しかし、よく生き延びた。何度死んでいても、おかしくはなかった。やはり、三人でひとりだったからだ。そう生きようと決めたからだ。関羽が死ぬと、張飛もあっさりと死んだ。そして自分も、ほとんど死んでいる。これを、生きているとは言えないだろう。

「王平は、さまざまなことを思いつくのだな。曹操に攻められた時、おまえは定軍山の頂上で、岩を砕いて投げ石を作ろうとしていた。そして、実際にできた」

「軍学について無知ゆえに、あんなことを思いついたのかもしれません」

「おまえは、強い。あそこで、みんな心が潰れそうになっていた。おまえが石を作っていたので、みんなそれを手伝い、なんとか心を支えきったのだ」

「見たこともないような、大軍でございました。しかし陛下、死ぬ気になれば、心など潰れないものです。そして戦では、誰もが死ぬ気になっております」

これも、王平の美徳だった。字を読めないと劉備の耳もとで囁いた者がいるが、それは必要なことでもなんでもなかった。書物よりも大切なものが、人にはある。

王平がやってくるのは一日に一度で、あとは白帝城にいるようだ。永安と名付けたこの城郭は、白帝城の下のもうひとつの城だった。まだ歩けるころ、劉備は白帝城からここへ移ったのだ。

軍がどうだ、兵がどうしたと、王平に訊いたことはない。訊かないかぎり、王平も語ろうとしないのだった。

夜になると、闇の中にひとりだった。

それが、劉備は嫌いではなかった。闇は、さまざまなものを、浮かびあがらせる。眼を開いていると、髭を自慢げに撫でている関羽が見える。笑っている張飛が見える。楼桑村の、生まれ育った家が見える。

語っていた。関羽や張飛と。戦で死んだ、多くの兵たちと。

闇の中では、それができるのだ。だから劉備は、部屋に燭台ひとつ置かせなかった。少しでも明りがあると、みんな去っていく。

死とは、多分、こういう闇なのだ。

時々、そう考えた。闇に抗おうとは思わない。

鳥の啼声。それが、朝だった。人の世のくり返しのように、朝は必ずやってきた。いまのところはだ。

さすがに趙雲が指揮しているだけあって、新兵の調練はめざましいほど進んだ。

成都近郊で調練中の二万は、充分に戦に耐えられるようになっている、と孔明は思った。馬謖も、同じことを言った。しかし、趙雲はまだ不満のようだった。攻撃の方法は知っていても、身を守る術はひと通りしか教えられていない。

趙雲軍の校尉（将校）が、いま総がかりでそれを教えているところだった。

馬は、やはり足りなかった。

北の白狼山の洪紀と成玄固に出した書簡の返事として、成玄固が二百頭の馬を運んできた。隻腕の成玄固は、すでに髪も髭も白く、胡郎という壮年の男を連れていた。

「これまでのように、魏領を通って馬を運ぶということが難しくなりました。匈奴の土地を通り、雍州を抜けてきましたが、かなりの危険があります」

曹操は、自領を馬が通過していくのを、気にせずに許していた。曹丕はそうでもないのだろう、と孔明は思った。

「関羽殿も、あの張飛までもが、死んだか。殿も、さぞお心を落としておいでだろう。諸葛亮殿、私は帰途は白帝を通っていきます。次に、いつお目にかかれるかわかりませんので。病の床に就いたままの洪紀の話も、しなければなりますまい」

「二百頭の馬は、ほんとうに助かりました。綿竹の牧場でも、相当数の馬を飼っているのですが、やはり違う血を入れた方がよいようですし」

「今後は、この胡郎が馬を運びます。できるかぎりのことはしたいと思いますが、数百頭になると、なかなか難しいところもあります。魏領は通れず、烏丸と匈奴は必ずしもうまくいっているわけではありませんから」

「胡郎殿と言われると、あの呂布奉先の」

「従者でした。赤兎とともに、白狼山に行きました」

胡郎が、短く言った。精悍な眼をしている。馬を運んできた五十名の烏丸は、胡郎が指揮しているようだった。

「赤兎の子が、一頭おります。見ればどれだかわかります。いい雌を選んでやれば、立派な子を生みます」

「そうですか、胡郎殿」

馬が育つには、数年かかる。いまは、すぐに乗れる二百頭の方が大事だった。

「乱世も、変りました。方々に豪傑がいて、ある意味では大らかでもあった。私は腕を失っただけで幸い命は落としませんでしたが、いまの乱世はあまり見たくなかった、という気もいたします」

天下が三分された。それで、甘いところがどこにもなくなった。成玄固の眼には、それがいやな世界と映るのだろう。

「殿は、こういう乱世を生きる方ではありません。騙し合いのような乱世ですから。もっと雄壮に、思うさま駈け続けられる乱世。それが、殿の生きるべき乱世だと、

「私は思います」

「蜀の主となられたのです、成玄固殿。騙し合いの中でも、生き抜くしかないのです」

「わかります、諸葛亮殿。ただ、私は殿がおかわいそうだと思うだけです」

諦めたように、成玄固が笑った。

徴税を厳しくし、新兵も徴発したので、蜀全体には、重苦しい雰囲気が漂いはじめていた。孔明は各地を回り、削れるものは削り、倹約できるところはそうしたが、失ったものを回復するには程遠かった。

成都にも、いまひとつ活気が戻ってこない。民政に問題があるわけではなく、生産が滞っているのでもない。

丞相府に、応真を呼んだ。

「いま動かせる人数は、どれほどだ、応真？」

「さてと、二百というところですか。百名ほどは、魏や呉に潜入しておりますから」

奇妙なほど、応真は父の応累に似ている。特に細い眼と、小肥りの躰だった。

「その二百を連れて、南へ行ってくれぬか？」

「ついに、南ですか」

「地図を見ればわかるが、蜀は南に大きく拡がっている。その広さは、荊州をも超える。物産も豊かだ。ただ、蜀として支配している状態ではない。成都で打つべき手は、すべて打った。しかし、国力は回復せぬ。あと五年はかかるだろう。それだけ待つわけにはいかぬのだ」

「丞相の言われている意味は、わかります。しかし、ほとんど未知の土地と言ってもいいところです。蜀の領土として支配したとしても、統治に大きな力が必要かもしれません」

「わかっているが、いまは南を掘り起こすしかない。それができるかどうかを、まず見てくれ。できるとなれば、南へ行く。私自身でだ」

「丞相が、御自身で行かれるのですか？」

「叩き潰しに行くのではない。征服するのでもない。だから、難しい戦になる。おまえにも、むこうにいて働いて貰わねばならん」

「面白そうだな、それは」

応累と顔は似ているが、性格はいくらか違った。応累よりも明るく、新しいものに関心を示す。間者らしくないところがあるが、力量は父を凌ぐかもしれないと孔明は時々感じることがあった。

「皆殺しのために、出陣されるわけではないのですね、丞相？」

「逆だな。できることならば、ひとりも殺したくない」

「益々、面白い。謀略でこういうこともできると、私は試してみたいと思います」

「ならば、すぐに進発せよ。ただ、私がいつ行けるようになるかは、まだわからぬ」

「待ちましょう、二年でも三年でも」

「いいな、おまえは」

「なにがです」

「もの事を、深刻に考えない。私にはどうも、深刻すぎるところがあるような気がする」

「それは、丞相が背負われているものと、私が背負っているものが違いすぎるからです。いや、私はなにかを背負っていると、感じたことはありませんね」

「羨しい話だ」

「任務は、果します。任務さえ果せば、多少馬鹿でも、男ではいられる、と父によく言われたものです」

若い者も、育ってきている。応真を見ていると、孔明もそう思えた。

「南へ行くにしても、誰を伴うべきかだな。趙雲将軍では、いささか強烈すぎる。南方の異民族も、ただ恐れるだけだろう。それに、趙雲将軍の戦には、容赦がない」

「馬忠は、いかがですか？」

あまり考えにない名だった。白帝の王平あたりが適当か、と思っていたのだ。

馬忠は、巴西守備軍の校尉だったが、劉備が猇亭で破れて逃亡してきた時、趙雲とともに攻め寄せる呉軍を防いだ功績があった。

あの時趙雲は、槍を執って大暴れをしたというが、馬忠は五千の兵で呉軍の側面へ側面へと回ったのだった。それが、呉軍への大きな圧力になったと、趙雲からは報告されている。

「考えておこう」

やはり、若い者は育ちつつある。馬謖も、将軍として不足のない力量を示しはじめているのだ。若い人材ということだけを考えれば、それほど悲観することもなかった。

2

　久しぶりに、劉備は起きあがった。

　体調がいいような気がした。十数日ぶりに、空が晴れた。そして、成玄固が訪ねてきた。

　起きあがったが、足はすっかり萎えていて、歩くことはできなかった。板に乗って、それを四人の従者に持ちあげさせた。城壁へ出たのである。

「そうか、洪紀はもう、病に勝てそうもないのか」

　成玄固は、最初に洪紀の話をした。それを自分に伝えるために、永安に立ち寄ったのだと劉備には思えた。成玄固も、老いていた。

「私の人生で、私を先生と呼んだ、ただひとりの男が、洪紀だった」

「読み書きを、殿に教えられたというのが、いまだに洪紀の自慢です」

　殿と呼ばれるのが、ひどく新鮮な気がした。いまは、誰もが陛下としか呼ばない。陛下であってはならないのだ。曹丕が、帝を名乗った。そういう帝は何人でもいるということを示すために、自分も帝になった。漢王室の帝はただひとりで、それは曹丕でも自分でもない。

「この流れを見るのも、久しぶりだ」

「病の床に就かれたと聞いて、心配しておりましたが」

「ひどい病だ。魂が躰から抜けてしまうという病だろう」

「なにを言われます」

「死んではならぬのかな、私は」

「死にたがっておられるように、聞えます」

「死にたいものだ。たえず、そう思っている。しかし、私の抱いた志に賭けている者たちもいる。だから生きていなければならぬと、押し返すような思いもある」

「洪紀も、同じことを言います。死にたいが、自分を慕う馬たちもいる。それを思って、一日一日と生きてしまったと」

「馬を盗んだ賊を、討ちにいったことがあったな、成玄固。憶えているか？」

「忘れません。あの時、私は殿の麾下に加わることを決めたのですから」

「生きているのは、私とおまえだけだ」

「長生きをしたものではありませんか、殿。あの時代は、遠からず死ぬだろうと、誰もが思っていたものです。それでよしとしていました」

みんな、死んだ。孫堅、呂布、公孫瓚、袁術、袁紹。数えきれないほどの者が、呆気なく死んでいった。周瑜も、曹操も死んだ。

「この大河の流れを見ていると、つくづくと思う。すべてが、流れ去っていくものだとな。夢も、志もだ」

「私は、白狼山の土に還ることができれば、それでいいと思っています」

「人の一生が、長いのか短いのか、私にはよくわからぬ」

「長くもなく、短くもないのです」

「おまえの方が、私よりも先に悟るのか」

「なにしろ、殿とお別れしてからは、馬と暮しておりましたから。馬の一生は、人の一生より短いのです。しかし、馬にとってそれは短くありません。赤兎を見ていて、私はそう思いました。最後まで気位を失わず、雄々しく、静かに死んで行くこともできるのです」

絡み合った水草が、眼の前を流れていった。あとは一面、土の色をした水である。

「殿、お寒くはありませんか？」

「大丈夫だ。しかし、冷たい風を心地よいとは感じなくなったな」

「もうすぐ、暖かくなります。食がお進みになっていないそうですが、生きているかぎりは食べることです。洪紀にも、いつもそう言い聞かせています」

「余計なことは言うな。おまえに会って、喜んでいるというのに」

「洪紀に、殿のことを話さなければなりませんので」

成玄固が、静かに笑った。袍の左袖が、旗のように風に靡いている。

「船ですね」

「そうか、船か」

劉備には、土の色をした水しか見えなかった。相変らず陽は射していて、水面がところどころ違うもののように輝いている。

成玄固が去って数日後から、劉備はしばしば吐くようになった。食物を口にすると、しばらくして吐く。水や茶は、吐くというのではなく、口から流れ出してくる。

王平が、一日に一度の報告に来る。侍中（秘書官）の報告も聞く。成都から見舞いに来た者の引見をする。一日は、そんなふうだった。

躰は、痩せた。特に、脚は骨と皮だけのようになっている。下女たちが、一日に一度全身を拭うのも、以前ほど気にならなくなった。

ここにいるのは、脱け殻のようなものだ、とよく思った。劉備玄徳であって、劉備玄徳ではない。本人はとうに死んでいて、魂で関羽や張飛と戯れ合っている。そう思うことにした。

蜀の国力は、少しずつ回復しているようだ。もとの力を取り戻すのに、五年はかかるだろう。その時の姿を、自分の眼で見ることなど、あり得ない。

天井に、小さなしみがあった。見つめていると、地図のように思える。人の顔のようにも思える。

侍中が、報告に来た。

明日、趙雲が見舞いに来るという。新兵の行軍の調練で、永安にも寄ることにしたようだ。見舞いに来る者は多かったが、ほんとうに会いたい人間はわずかだった。趙雲は、そのひとりだ。

馬忠が、丞相府に出頭してきた。八尺（百八十七センチ）の偉丈夫である。磊落な性格が、表情にも出ていた。こういう男が、孔明は嫌いではない。

「いくつになった、馬忠？」

「二十八歳です」

「妻帯は？」

「しておりません」

「しばらく、成都で軍務につけ。城外の営舎に、調練中の新兵一万がいる。残りの一万は、趙雲将軍が行軍の調練に連れ出している。おまえは、馬謖と五千ずつ兵を分け合って、模擬戦の調練をやるのだ。基礎はできている、と趙雲将軍は言っている。すぐに実戦というわけにもいかぬが、実戦のつもりで調練をやって貰いたい」

「かしこまりました」

「ほんとうに、わかったのか?」

「私は、半月ほどでしたが、張飛将軍の調練を受けたことがあります。ああこれが調練だと、いまでも思っております」

「そうか。では、三日後だ」

「はっ?」

「三日後に、馬謖と模擬戦をやれ。私はそれを、見に行こうと思っている」

「三日後、ですか?」

「そうだ。馬謖は、はじめから調練に加わっていて、兵の性質まで知り尽している だろう。つまり、強敵ということだ」

「わかりました。馬謖殿の軍を、蹴散らして御覧に入れます」

「不服ではないのだな、三日しかないことが?」

「戦ですから。はじまる時には、明日にでもはじまります」

「よし、行け。こうして立っている時間も、惜しかろう。必要なものがあれば、丞相府に申告すればよい。この三日にかぎっては、大抵のものは手に入るようにしておく」

一礼して、馬忠が出ていった。

翌日、早速馬忠から申告があった。酒五十樽と豚五十頭。

「出してやれ」

呆れている蔣琬に、孔明は言った。

「とんでもない男です、馬忠というのは。宴会騒ぎをはじめようとしております。調練などそっちのけで、芽を出しはじめた野草などを、兵に集めさせております」

「馬謖は？」

「こちらはまた生真面目に、密集隊形の突撃の調練などをいたしております」

模擬戦は馬謖の圧勝だろう、という蔣琬の口調だった。

明日が模擬戦という日の午後、孔明は城外の営舎を覗きに出かけた。

馬謖の軍は、隊列を乱さずに駈ける調練をしていた。馬忠の陣では、大きな焚火が五十ほど燃やされているだけだ。脚を縛られた豚が、鳴き声をあげている。

「これは、丞相。私の宴会に惹かれて、ここに参られましたか。これから、噂にだけは聞いている、張飛将軍の野戦料理をはじめます。実によいところで、検分に参られました」

張飛の野戦料理というのは、孔明も聞いていた。豚を一頭丸焼きにしてしまう、豪快なものだ、という話だった。

五十頭の豚が、次々に首を切られ、血を噴き出して死んでいった。死んだ豚は、腹を裂かれ、はらわたを引き出されている。二人の兵が、はらわたの食える部分と食えない部分を分けていた。

引き出したはらわたの代りに、野草がつめこまれている。兵たちはさらに薪になる木を集め、焚火の上に三本の木の幹を使って、櫓を組みはじめていた。みんな、かけ声をかけながら作業している。

「丸焼きにするのが、豚は一番うまいそうです。野草の中に、竹の皮で包んだ米を突っこんでおくのです。それが絶品だ、と張飛将軍は言われていました」

原野に、五十の火。この世のものではないものを見ているような気分に、孔明は襲われた。

豚が、次々に櫓に吊されはじめた。百人に一頭の豚とひと樽の酒。計算すれば、そうなる。それで充分なのかどうか、孔明にはわからなかった。吊される豚は、みんな野草で腹が脹れている。

兵たちが、焚火を囲んで唄いはじめた。みんな、酒を飲んでいるようだ。

夕刻まで、孔明は馬忠の軍を眺め続けていた。ほかの焚火の豚よりも、自分のところがうまい、と兵たちが言い募りはじめる。喧嘩になりそうなところは、馬忠が飛んでいって叱責した。

やがて、孔明のところまで、豚を焼く匂いが漂ってきた。食欲を刺激するような匂いだった。

孔明は、ふとひとつのことに気づいた。

馬忠が、一滴の酒も飲んでいないのである。酔ってもいないのに、その動きは酔っ払いそのものだった。

「召しあがりませんか、丞相も」

馬忠が言う。孔明は、焚火のひとつの輪に加わった。馬忠が、表面の肉を削ぐようにして切り、孔明に差し出した。

それからは、全員が思い思いに、肉の表面を削って食いはじめた。

「肉は、ひと切れでおやめください、丞相」

馬忠が言った。孔明は箸を置き、方々で吊され焼かれている豚を見回した。百名単位の集団が、それぞれに競い合っている、という感じがある。豚は、わずかな間に食い尽された。竹の皮に包まれた飯が、孔明のところにも運ばれてきた。なんとも言えない、いい匂いがたちのぼっている。

「これは、うまい」

ひと口食い、孔明は思わず声をあげた。

焚火のまわりでは、それぞれに声があがっている。馬忠の姿は、捜さなければなかなか見つからなかった。あちこちの焚火に、頻繁に移動しているのだ。

翌日の調練の時刻になった。

馬謖軍と馬忠軍が対峙するのを、孔明は丘の上から見ていた。勝負にはならなかった。馬謖は入念に策を立て、兵がそう動くようにも調練していた。それに較べて、馬忠軍は元気だけが有り余っているという感じだ。その元気で、馬謖軍を突き崩しはするものの、馬謖は周到に崩れた場合の次の動きも用意しているのだった。

奪い合った丘に、馬謖の旗があがった。

馬謖軍の兵の歓声の中で、うつむいた馬忠軍の兵士の何名もが、唇を嚙み、涙を浮かべていた。

「このままの編成で、調練は続けよ」

二人を営舎の一室に呼んで、孔明は言った。馬謖は勝って当然という表情をしているし、馬忠は負けたことをそれほど気にしているようでもなかった。

「馬忠はこれから毎日、馬謖に軍学の講義を受けよ。大言を吐く前に、手足のごとく兵を動かせるようになれ」

「わかりました」

馬忠の声は、やはりどこか明るかった。

趙雲(ちょううん)が、疲れ切った一万を連れて戻ってきたのは、それから数日後だった。

一日二百里(約八十キロ)の行軍を、十数日間続けてきたのだ。途中で死んだ者が、六名出たという。

「陛下は、ずいぶんと弱っておられる」

丞相府(じょうしょうふ)の一室で、趙雲は言った。

「話されるのは昔のことばかりで、躰(からだ)はもうほとんど動かしておられん」

「そうですか。しかし、趙雲将軍の顔を見て、喜ばれたのではありませんか？」

「陛下が、心の底で会いたいと思っておられるのは、孔明殿だろうと思う。しかし、それは言葉にはされぬ。いま孔明殿が成都を留守にすることが、どれほどのことかよくわかって耐えておられるのだと思う」

　孔明には、いまのところ永安に行く余裕はなかった。劉備は、回復すれば成都に戻ってくるはずだ。言葉にはならない嫌な予感がつきまとってくるが、そのたびに打ち消していた。

「私が、任務にかこつけて、陛下にお会いしてきたのは、いささか申し訳なかったとは思っている。だが、お顔を見たいという気持が、どうしても抑えきれなかった。すまぬ」

「お気持は、よくわかります、趙雲殿」

　趙雲は、しばらく行軍調練の話をした。限界までの調練を続けると、兵はひと皮剝けたようになるらしい。残りの一万も、近日中に行軍に出発させると言った。

「また、陛下に会ってこようなどということはやらん。心配しないでくれ」

「永安を行先にされても、よろしいと私は思います」

「孔明殿は、陛下が出陣されてから、一度も会っておられないのだ。お二人とも、耐えておられる。私ひとりが何度も会っていいのか、と思わざるを得ない」

　永安に、見舞いに行く者はいた。そういう許可を求めてくれれば、任務に支障がないかぎり孔明は許していた。

「ところで、模擬戦の話は聞いた。馬謖の軍の動きは、なかなかだったそうではないか」

「趙雲殿のもとにいたおかげで、なにかを学びはしたようです」

「しかし、馬忠の軍は強くなるぞ。ああいう男が指揮する軍は、必ず強くなる。私には、よくわかる」

孔明も、そう思っていた。馬謖と馬忠が、お互いになにかを学び合えばいいのだ。趙雲が出ていくと、孔明はしばらく劉備のことを考えた。病状が、かんばしくないという報告は受けている。

誰も口にしないが、敗戦の責任は自分だ、と孔明は思っていた。陸遜が採った策と同じものを考えながら、戦場にいないという理由だけで、建策しなかった。もともと自分は軍師ではないか。そう考えると、痛恨の思いがこみあげてくる。せめて、蜀をもとの国力に戻してから、劉備と会うべきだろう。それまで、耐えるのも当然のことだ。

しかし、会いたかった。自分の、主たる人である。乱世の夢をともに抱いた、同志だった。そしてなにより、人として愛してやまなくなっているのだ。

尽きることのない悔恨を、吐き出せる相手は劉備しかいない。そして多分、癒し合うこともできる。

3

再び一万を率いて、趙雲は行軍調練に出発した。伴う校尉の中に、馬謖、馬忠、張嶷を入れた。やがて、この三人は蜀を背負って立つ部将になるだろう、と思ったからだ。

成都近郊の一万は、廖化に任せた。関羽の部将だった男だが、荊州進攻作戦に参加することは、孔明に禁じられた。関羽が死んだにもかかわらず、生き残ってしまったという思いがあったのだろう。死にたがっているような気配も見えた。実戦の経験は積んでいる。違う指揮官の調練を受けることも大事だ、と趙雲は考えていた。

永安へむかう道は避けた。

また劉備に会いたいという思いはあるが、孔明に申し訳が立たないという気がする。それに、蜀がもとの力を取り戻すのが、劉備にとっては一番いい薬だ、と思った。それについて自分にできるのは、精鋭を鍛えあげることだけである。

漢中にむかって、駈けた。

一日二百里（約八十キロ）。過酷な行軍だが、これをやり遂げれば、兵は確実に強くなる。漢中まで、六日の行程だった。

一日目は、なんとか全員が駈けた。二日目は、斜面の多い西の丘陵地帯を選んで駈けた。二人が、脱落した。趙雲は最後尾を駈け、倒れた者を、槍で打った。打ち続けられて死ぬか、駈けるかである。二人とも、死んだ。三日目は四人倒れたが、ひとりは二度打たれただけで立ちあがり、死んだのは三人だった。

毎日が、露営である。幕舎も張らない。寒さにふるえながら、みんな眠る。それも、調練のうちだった。百名が、交替で歩哨にも立つ。

翌朝、出発前に馬謖がやってきた。

「一日休ませろだと。それでは、調練の意味がなかろう」

「しかし、せっかく鍛えた兵が、無意味に死んでいきます」

「鍛えてないから、死ぬのだ。これは、戦場に出るための、最後の調練だ。死ぬ者は、ここで死ぬ」

「私は反対です。死んで行く者も、ほんとうはなにかの役に立つはずです」

「そして、邪魔をすることもある。ほかの者が生き延びようとするのを、邪魔してしまうのだ。馬謖、おまえは兵たちの機嫌を取ろうとしていないか?」

「趙雲将軍のお言葉とも思えません。私は、道理を申しあげています」

「実戦の経験もないくせに、余計なことに口を挟むな。私は、二万の精鋭を育てあげなければならんのだ」

「実戦の経験がなくとも、軍学は学びました。武術の修練もいたしました」

趙雲は、舌打ちをして横をむいた。

「脱落した兵は、私が連れていきます。漢中までは、必ず参ります」

そんなことをすれば、みんな脱落する。軍学では学べないこともあるのだ。

「私に、勝てるか、馬謖。大言を吐くだけなら、誰にでもできるのだぞ」

「勝てば、脱落した兵を殺さないでいただけるのですね」

「ほう、勝つ気か?」

趙雲は、笑って槍を執った。騒ぎを聞きつけて、校尉たちが集まってくる。兵は、遠巻きにして見ていた。

「止めるな」

馬謖が、校尉たちを怒鳴りつける。

「私は、理不尽が耐えられんのだ。走れないというだけで、兵が死ぬのが許せんのだ。私が、全身全霊で鍛えあげた兵だぞ」

馬謖が、剣を抜き放（はな）った。止めようと出てきた校尉を、今度は趙雲が怒鳴りつけた。

「どこからでも来い、馬謖」

趙雲は、片手で槍を持っていた。構えもしない。馬謖の顔面が紅潮した。こういう激情は、戦場では力になる。しかし、戦場でだけ出すべきものだ。

馬謖が、斬（き）りこんできた。槍の柄尻（つかじり）で、趙雲はその剣を弾（はじ）き飛ばした。

「戦場なら、おまえは死んでいるぞ。それが、おまえが積んできた修練か。まあよい。もう一度打ちこんでみろ」

剣を拾いあげた馬謖が、低く構えた。最初は殺気もなく、打ちこみのすごさを見せようという思いだけがあったようだが、今度はさすがに殺気を漲（みなぎ）らせていた。

打ちこんでくる。柄で受け、同じように柄尻で剣を弾き飛ばし、突き倒した。起きあがろうとする馬謖に、槍を打ちつける。三度、四度と打ちつけると、馬謖は腹（はら）這（ば）いになった。

「理不尽なものが、戦（いくさ）だ。走れなくて死ぬのが、戦だ。剣を抜いたら、殺すか殺されるのが戦だ」

槍を叩きつける。馬謖が、低い呻きをあげた。

「お待ちください、趙雲将軍」

馬忠だった。張嶷は、うつむいてじっとしている。

「待てぬ。待って貰えぬのも戦だ。馬謖を突き殺されたくなかったら、おまえが打ちこんでみろ、馬忠」

「失礼します」

馬忠が、一礼し、剣を抜くと打ちかかってきた。相当な圧力だった。槍の先でいなさなければ、手もとに飛びこまれそうな迫力がある。三合、四合と趙雲は受け、五合目に手首を打って剣を落とした。

「次、張嶷だ」

しかし、張嶷は動かなかった。

「三人に申し渡す。漢中まで、馬に乗ることを禁じる。兵とともに駈けてこい。戦ならば、三人とも死んでいる。死んだ気になれ」

進発を命じた。

もう兵が死なないだろうということは、趙雲にはわかっていた。二日か三日の間に、死ぬ者は死んでいる。ほかの兵は、三日目になると元気になっているのだ。

三人の校尉は、兵の先頭で駈けさせた。馬忠と張嶷は楽々と駈けているが、馬謖は一日目は苦しそうだった。しかし、二日目になるといくらか元気が出て、漢中に入った時は楽に駈けていた。

南鄭の魏延には、伝令を出してあった。

幕舎が張られていて、兵たちはそこに入った。一日だけの休息である。校尉には、南鄭城内の営舎が用意してあった。

「成都から六日で駈けてくるとは、趙雲殿も張飛将軍並みのことをなさる」

夕餉に招かれた。魏延と二人きりである。

「戦の行軍だと、十日だな」

調練の時より、もっと装備が重たくなる。なんでもないようでも、それで四日は増えるのである。重装備の歩兵が加われば、二十日はかかるだろう。

「それにしても、なかなかいい兵ではありませんか」

「まあまあだろう。いずれ、精鋭と呼んでもおかしくない兵になるかもしれぬが。

魏延殿の兵は、さすがだな。城外で行軍中の騎馬隊を見たが、一糸の乱れもなかった」

「漢中は、ずっと前線のようなものなのですよ。何度も、待機命令が出たし、子午道や斜谷道の警備にも、交替で赴かなければならないのです」

「前線の緊張を、新兵どもに見せてやっていただきたい」

出された食物は、質素なものだった。趙雲は、魏延という男が、昔から嫌いではない。人に誤解を受けても、平然としているような太さを持っていた。

「陛下には、会われましたか、趙雲殿？」

「この前の行軍調練は、永安へ行った。顔も躰も、縮んだように小さくなられていた。そして、昔話ばかりをされた」

「軍人はただ闘えばいいようなものですが、あの戦は止めるべきだったのではありませんか、趙雲殿？」

「止めきれなかった、というのが正直なところだ」

「張飛将軍が健在ならまだしも」

「いや、張飛が死んだからこそ、なおさらだったのだ。ああいう戦に突っ走ってしまう。それが、劉備玄徳という方だ。だから孔明殿も、陛下の御意志に沿ったかたちで、戦略を組んだのだ」

「戦というのは、不思議なものですな。夷道さえ抜いていれば、荊州の奪還は容易だったでしょう。私は、抜けると思った。だから、私は陽平関に全軍を集結させたのですが」

「関羽殿の時といい、今度の戦といい、どこか運に見放されている。そうとしか思えないような負け方だった」

「荊州と同時に雍州を。賭けですが、卓抜な戦略ではあった。孔明殿のあまりの卓抜さに、運が付いて行けぬ。そんな気がしたほどです」

それから魏延は、成都の様子などを聞いてきた。曹操軍を追い出した時から、魏延はずっと漢中に留まっている。つまりは、前線に張り付けられているようなものだ。これからも、それは続くだろう。

孔明は、魏延の軍人としての才能は認めているものの、人間としては信用していないところがある。荊州で魏延が帰順してきた時、反骨の相があると言い張って拒絶しようとしたのだ。

信用していないというより、ただ単に嫌いで、肌が合わないのかもしれない。人に対する好悪を時々露骨に見せて、それを自分で気づかないというところが、孔明にはある。あれほどの男が、と思うが、欠点のひとつやふたつはあった方が、安心して付き合っていられるという気もした。

孔明に嫌われても、魏延は大して気にしているようではない。はっきりと態度には出さないが、この男も劉備が好きで、それでいいのだと思い定めているところがあった。

「ところで趙雲殿。昨年病で死んだという馬超が、実は生きているという噂があるのだが、どう思われます？」

「馬超は死んだ。陛下のもとに、遺書も届けられている」

「陰平郡の、さらにずっと西。際限ないほど深い山で、もう羌族の土地ですが、そこに雍州の賊徒が二千ほど入ったのですよ。山中には、豊かな村が点在しているらしいのです」

魏延は、雍州の情勢などは、詳しく探っているのだろう。特に賊徒は、時として叛乱軍の中核になることがある。雍州進攻と決まれば、一時的に賊徒と連合することもあり得るのだ。

「その二千が、谷にぶら下げられていたらしい」

「山に入った賊徒が、全員？」

「そういうことでしょう。生きている者も死んでいる者も、ぶらさげられた。死んだ者から、鳥が啄んでいくのです」

「それが、馬超となにか？」

「二千は、谷に沿ってずっとぶら下げられていて、そこからは一歩も入るなと言っているような感じだったそうです。それだけで馬超とは言いきれませんが、山中の村には兵などいないのですよ。もともと、戦乱を嫌って山中に逃避した羌族ですから。賊徒も、やり放題だったので、味をしめたのでしょう。ところが、ある日突然、二千もが谷にぶらさげられた。それが、馬超が消えてしばらくしてからの話です」

「消えたのではない。死んだのだ」

「そうしておいた方がいい、ということですか？」

「関羽殿や張飛とは、また違った英傑だった、馬超孟起という男は。曹操と闘っても、死にきれなかった。それが、死んだのだ。だから、黙って死なせてやれ、魏延殿」

「そうですか。しかし、陛下も次々に麾下の英傑を失われた。残っているのは、趙雲殿だけです。御心中は、察するに余りある」

「魏延殿もいる。それに、若い校尉もやがて育ってくるだろう」

「連れてこられた校尉の中で、なんとかなりそうな者たちはいますか。馬に乗らず、駈けていた者がいたようですが？」

「知っているだろう。馬良の弟の馬謖と、巴西にいた馬忠と、それに張嶷だ。三人とも甘えているので、駈けさせた」

「馬忠は、よく知っています。あれはいい。兵の気持をよく摑みます」

多分そうだろう、と趙雲は思った。兵を庇って趙雲とやり合った馬謖より、馬謖を助けようとした馬忠の方が、間違いなく兵の心を動かしていた。

兵は、駈けられるのだ。死ぬのは、一万人の中の数人に過ぎない。庇われて、不快になった兵もいたはずだ。そのあたりを、馬謖はしっかりと見ることができない。逆に馬忠はなにも考えず、ただ馬謖を助けようとしただけだ。

「魏延殿のところでも、校尉は育っているのか？」

「兵は育ちますが、校尉はどうも。緊張はしていても、変化の少ない軍務ですから」

秦嶺の山なみの、細い数本の道を守る。校尉が判断を求められる範囲も、ひどく狭いということになる。さまざまな状況での判断力を養う機会が少ないのだろう。

「趙雲殿は、また六日で成都へ駈け戻られるつもりですか？」

「張飛の代りを、私がしなければならんと思っている」

「趙雲殿らしい、という気がします」

言って、魏延はわずかに残った酒を趙雲に勧めた。

4

いつものように、王平が報告に来た。

長江になにが流れていたか。王平が言うと、劉備はそれを頭に思い描く。なにかが流れてくるのを待っている、という気分になるが、そのなにかは言葉では言いにくかった。

「どうしたのだ、王平。なにも流れていなかったのか？」

「いえ、陛下。沈みかけた葦船が一艘。無論、誰も乗っておりませんでしたが」

「魚を獲る者の船かな」

「多分、そうでございます。捨てられたものかもしれません」

「船か」

馬良が、船を使いたいと言った。船で軍勢を下流まで運ぶ。そこから攻めれば、完全に呉軍を挟撃できる。しかし劉備は、馬良の建策を採らなかった。

江陵で船を使うから、という理由だったが、ほんとうは呉の水軍を恐れていたのかもしれない。大船団が近づいた時も、それに心を奪われ、陣構えはすべて上陸してくる敵に対するものになった。船団が囮だと気づく前に、陣内は火の海になっていたのだ。

負けるべくして、負けたのだ。そう思う。最強と言われる呉の水軍に、船でむかうというほどの、思い切りがなかった。

このところ、劉備は少しずつ戦のことをふり返ることができるようになっていた。完敗である。もともとの蜀軍七万のうち、生還した者は二万に満たなかったのだ。国が滅びても当然の、敗北である。

しかし、国は滅びず、徐々にだが立ち直っているという。孔明が、ひとりで苦労しているのだろう。そして自分は、ここで寝台に横たわり、長江になにが流れてきたか気にしたりしている。

調練の途中だと言って、趙雲がやってきた。

戦のことは、喋れなかった。昔話をしただけである。孔明に早く会いたいのだ、ということも言えなかった。孔明がやっている仕事を考えれば、自分が成都に帰るべきなのだ。

躰の具合が、いくらかよくなっているような気がした。ものを食べても、吐くことがなくなったのが、大きいのかもしれない。

　ほとんど死が自分を抱擁していたのに、不意になにかが耐え難くなって、抵抗したようなものだ、と劉備は思った。たとえば、その匂いが耐えられなかった。その色が我慢できなかった。

　抱擁していた腕を、死は少しだけ緩めた。しかしまだ、自分を抱いていることに変りはない。

「どうした、王平。なにか言いたいことがあるのか？」

「いえ、陛下」

「いや、あるのだろう。申してみよ。もっととんでもないものが、長江を流れていたか？」

「川ではありません。山です。山で、人間をひとり見つけました」

「ほう。おまえが山に行くというのは、よくあることなのか？」

「兵糧を蓄えるための砦を、三つほど作ってあります。時々、巡回に行きます。いずれまた、使えるかもしれませんので」

「そこで、人間に会ったか？」

「はい。腹を減らしておりました。食いものをやり、城下まで連れてきました。放っておくと、山を出られそうもありませんでしたので」

兵糧を蓄える山は、迷路になっている。似たような木があり、似たような岩がある。そういうものを見て歩くと、必ず迷うのだ。

「礼をしたい、とその男が申しました。怪我人の治療ぐらいはできる、と言うのです。試しに、一年前に負傷してから、左腕があがらなくなった兵の治療をさせてみたら、治ってしまったのです。同じようなことが、四人ばかり」

「どうやって、治した？」

「鍼を打つのです。それで、不思議に動かないものが動くのです」

「面白い。ここへ連れてこい」

「侍医の方々が、反対されるかもしれません。汚れた恰好をしておりました。いまは、新しい袍を着せておりますが」

「侍医たちには、私が呼んだと言え」

一礼して、王平が出ていった。明らかに、その男を劉備に会わせたがっている。

鍼で怪我の治療をする、という話は聞いたことがある。なぜ治るのかはわからないが、嘘のように治ってしまうという。

言っていたのは、応累だったような気がする。鍼を打たせていたのは、いつも頭痛に悩んでいた曹操で、打っていたのは華佗という医師だった。華佗は、だいぶ前に曹操に殺されたはずだ。

王平が連れてきたのは、顔半分を覆った髭に、わずかに白いものが見えはじめている男だった。眼が澄んでいる。王平はこれに魅かれたのだろう、と劉備は思った。

「名は？」

男が、王平の方を見た。物怖じをしているわけではなく、作法を心得ているように思えた。

「直答をしてよい」

「はい、爰京と申します」

「なぜ、山に入った？」

「薬草を捜しに。いまの季節に、土から芽を出すものがございます」

「それで、見つかったのか？」

「いいえ。その前に、空腹でへたばってしまいました」

劉備は、低く声をあげて笑った。まだ、山にはそれほど食物はないはずだ。

「鍼を打つそうだな、爰京？」

「鍼だけではございませんが、病や怪我の治療として」

「華佗という医師を知っているか？」

「はい。師でございました」

「ふむ。華佗は曹操殿の治療をしていたというが、知っているか？」

「師に、聞いたことがあるような気がいたします」

「私の病を、なんと見る？」

「失礼ながら、気の衰えが最も大きいかと。躰の芯に病も抱えておられますが」

気が衰えている。それは確かだった。しかし、このところ持ち直していた。躰の芯にある病とは、よくわからない。

「馬に乗れた。剣も遣えた。戦に負けて戻ってきて、十日も経つとこうなった。気の衰えだけだと、私は思うが」

「気が衰えることによって、潜んでいた病も出て参ります。どこにどういう病があるかは、手を当ててみなければわかりませんが」

「やってみよ」

「高貴なお方に、そのようなことは」

「構わぬ。もともと、涿県で筵を織っていた男だ。高貴などという言葉は、そぐわぬ」

「しかし、手を当てると申しましても、お肌に直に当てなければなりません」

「そうだろう。私は毎日、下女どもに躰を拭かれておる。だから、おまえがためらう理由などない」

「それでは、医師としてお肌に触れさせていただきます」

一礼して、爰京が近づいてこようとした。

「王平殿」

部屋に、侍中たちが入ってきた。侍医もいる。

「退がれ」

劉備は言った。

「王平以外の者は、外に出よ。王平、私の命令を聞かぬ者は、斬り捨てよ」

王平が、剣を抜く気配があった。自分の前でも剣を佩くことを、劉備は王平に許していた。帝と言っても、蜀を統治しているにすぎない。漢王室と同じことをするのは、それこそ不敬だった。

劉備は眼を閉じていた。部屋が静かになった。

「失礼いたします」

爰京の声がし、首に掌が当てられた。掌は少しずつ動き、袍の中を別の動物のように動き回った。不思議に、やすらかな気分がある。

不意に、指さきが鳩尾のあたりを押した。一瞬、全身が痛みでふるえた。それから、力が抜け、快くなった。爰京の手が、劉備の躰を動かした。横になっていた。掌は背中を這っている。腰の少し上のところを押された。爰京の指が、躰に入ってきたような気がした。呻き。自分の呻きだと、劉備はしばらくして気づいた。

「病が快方にむかっている。少なくとも、前よりはよくなった。そうお感じになってはおられないでしょうか？」

「確かに、前よりよくなっている」

「それは、錯覚です。いっそうひどくなる前兆だとお考えください。私は医師でございます、陛下。気休めを言うのは、医師の仕事ではないのです」

手が、劉備の躰から離れた。

心残りに似たものが、劉備の中に強くあった。

「どんな病だ、爰京。触れただけで、それがわかるか？」

「およそのことは」

劉備は眼を開いた。澄んだ爰京の眼が、劉備を見つめている。

「病は、胃と肝の臓にございます。厄介な病です。少しずつ周囲に拡がり、やがて手の施しようもなくなります」

「死が、私を抱きしめている。それは毎日感じ続けていることだ」

劉備は、また眼を閉じた。どうでもいい。そんな投げやりな気分が襲ってきそうになったが、なんとか耐えた。

自分の呼吸を数えた。十まで数える。まだ生きている。やっと、そう思えた。

「爰京、病を治せとは言わぬ。ただ、私は死ぬまでに、もう一度気力を取り戻せないだろうか。たとえそれが、死と引き換えになってもいい」

「できます」

爰京が言った。

「しかし、陛下はそれで、さらにお苦しみになります。気が衰え、躰が死ぬ。ある意味では、これが最も楽なことなのです」

「私は、ある男に、あることを言わねばならぬ。しかし、いまの状態では、どうしてもそれを言う気力が湧いてこないのだ。苦しみには、甘んじよう。死ぬのが早くなっても、構わぬ。私は、その気力だけが欲しい」

「山の中で拾われた、私のようなものに、なぜ言われます？」

「触れられれば、わかる。おまえの掌は、私の心になにか伝えてきた」

眼を開き、劉備は爰京を見た。

「かしこまりました。ただ、掌だけでは不足です。できれば、鍼も打たせていただきたいと思います」

「私の躰は、おまえに預けよう」

「では、今日からはじめさせていただきます。まず、湯をいただきたいのですが。鍼を、その中で洗います。ですから、できるかぎり熱いものを。ほんとうは、火があって、鍋のようなものの中で、湯が煮えたぎっているのがいいのですが」

「王平、爰京の求めるものを、すべて」

「かしこまりました」

「爰京、治療して貰うのに、なにを払えばいいのだ」

「王平様から、食物を頂戴いたしました。腹が減って死にかけていた時の食物は、万金に値いたします」

「好きにせよ。私は、気力だけが欲しい」

眼を閉じた。

浅い眠りに落ちたようだ。夢を見続けた。爰京の夢も、そこに入っていた。孔明が、笑いながら爰京の治療を見ている。

眼醒めた時、鍼を打つ用意はすでに整っていた。

「今日は、ここに一本だけ打たせていただきます。深く、お眠りになると思います。夢など、見ることもありません。そして、必ずお眼醒めになります」

爰京の手が、寝巻をまくりあげた。

臍の下。なにか触れたと思った瞬間、全身が痙攣し、痺れたようになった。それから、抗し難い脱力感が襲ってきた。

翌日、爰京は全身を揉みほぐすところからはじめた。痛いのかどうか、よくわからない。時々、爰京の指さきが躰に入ってくるような気がするだけだ。それは不思議な感覚で、皮膚の下に入り、肉に刺さり、抜けていくという感じなのだった。それが終った時、全身が水の底に沈んでいるような気分になった。

それから、鍼が打たれはじめた。

首に二本、背中に四本、足に十本ほどか。躰を仰むけにすると、のどに二本、下腹に四本、腿から膝の下にかけて十数本打たれた。はじめは数えていたが、途中でわからなくなった。

そのまま、眠ったようだった。

眼醒めた時、全身になんとも嫌な感覚があった。躰の中を、小さな動物が動き回っているという感じである。同時に、吐き気もあった。声をあげ、従者を呼んだ。

入ってきたのは、爰京と王平だった。

「水でございますか、陛下？」

「わかるのか？」

「眠っていたものを、起こしました。いままであまり水も必要としなかった躰の各部が、水を欲しているのでございます。少しお飲みになれば、御気分はよくなってきます。躰に澱のように溜まっていたものを、かき回したのです。さぞ、御不快でございましょう」

王平が差し出した水を、劉備はふた口三口と飲んだ。吐くかもしれないと思ったが、水は躰に吸いこまれていった。

「明日からは、二本ずつ打たせていただきます」

「今日のように、何十本も打ったりはせぬのか？」

「悪いものが躰の底に溜まれば、またかき回します。しばらくは、そういうこともないと思います」

「任せよう、すべて爰京に」

「もう一度、申しあげておきます。躰の芯にある病は治せません。むしろ、痛みなどがひどくなるかもしれません。生命の力というものを高めれば、不思議なことに、病もまた力を持つのです。この病だけですが」

「わかった」

「気の衰えは、少しずつ回復いたします。私がなせるのは、それだけです」

「ひとつ、訊きたい。私の余命は、あとどれほどだ」

「そのようなこと、わかるはずもございません。陛下御自身が、お感じになるのではないだろうか、と私は思います。死とは、どうもそのようなものです」

かすかに頷き、劉備は眼を閉じた。また、眠気が襲ってきていた。

5

屯田を開始した。

二千の兵を使っている。老兵ばかりで、あまり戦の役には立たないが、農耕には充分耐えられる。退役しても、戻る家がないという兵も少なくないのである。

孔明は、蔣琬とともに巡察して回った。成都から、二十里（約八キロ）ほどの、川のほとりである。

これではまだ、焼け石に水だった。

しかし、新田の開発のためには、やってみなければならない。蔣琬が、大規模な新田の開発を計画していた。遊んでいる土地に、まず兵を入れて開墾し、作物が実るようになると、民間に下げ渡すのである。

蔣琬は、蜀の平地のほとんどと言っていい場所を踏査し、四百カ所近い候補地を選び出していた。それが全部開発されれば、収穫量は一割以上増える。

「三万の兵が必要ですよ、丞相」

「老兵を集めて、やっと五千というところだろう。民間からも、人を募るのだ」

蜀の人口の調査は、馬良がやっていた。成都に人は多いものの、あとは適度な散らばり方をしている。

「あらゆる方法を、いま検討させています。その地の開墾に従事すれば、翌年の税は免除するとか。中原、河北ほどの人口があれば、やりようはあるのですが」

屯田は、孔明が丞相として許可を与えた事業だった。蔣琬は、土地を踏査する過程で、岩塩が出る場所も二カ所見つけている。それを国の専売制にすれば、値は安定し、大儲けをする商人は姿を消す。

もう少しです。心の中で、孔明はしばしば劉備に語りかけた。成都に戻ってきても、劉備が窮迫した国を見ないで済むまで、もう少しだ。

「丞相、鉄の専売については、私が進めてもよろしゅうございますか？」

「それはよい。酒についても専売を考えようと思うが、そこまで手は回らぬな」

「いまのところ、酒の値だけは安定しております」

「酒の値だけか」

無理なことを、やろうとしている。すべてが、無理だ。武器も武具も、不足している。矢も、必要なものの半数があるだけだ。なにより、兵が不足している。

南の統治。起死回生策として、それがある。しかし、状況もはっきりわかっていない土地だ。南にむける軍勢も、まだ足りない。やり方を間違えると、逆に大きな問題を抱えこむことにもなる。慎重に取りかかるべきだった。まずは、応真がいずれ送ってくる報告を、詳しく検討してみることからはじめなければならない。

それに孔明は、南への軍の派遣は、劉備が成都に戻ってから、帝の命令ということでやりたかった。特に意味はないが、劉備の気持はそれでいくらか充実するかもしれないのだ。いま、なにを永安に報告しても、承認を与えてくるだけで、新しい命令は届かない。

劉備の体調は、いくらか好転しつつある、という報告は受けていた。いやな予感は、ただ予感だけで終る。そう思いこむことにした。

「鉄の専売と同時に、鍛冶屋を集めた場所を作れ。炉が三十もあればよかろう。そこで、武具を作る。手が余ったら、農具も作る」

「国内の鍛冶屋は、調べあげてあります。鉄は多く採れる土地ですから」

「どういう意味かな？」

「いずれ、南を平定すると、交易品として立派なものになるのではないでしょうか？」

「それを、考えたか」

「丞相のそばにおりますと、先の先まで考えないことには、付いていけません」

蔣琬は、確かに有能だった。ただ、馬良ほどの、独自の発想というものがない。孔明がなにか言うと、それに基づいて考えるのである。

「陛下の御容体が、いくらかましになったそうですが」

「もともと、気から来ている。気を取り直されれば、躰はそれに付いてくる。私は、そう思っているのだ。そして、いつまでも気力を失ったままのお方でもない」

「成都に戻られる日が、愉しみです」

馬を並べて進みながら、蔣琬は軽い調子で言った。

いまは、魏と呉の関係がおかしくなっている。蜀と闘うために魏と結んだ呉は、勝利のあとは同盟が必要ではなくなっているのだ。魏は、それを背信と受け取り、合肥に軍を出したが、派手な敗退をしている。

曹丕は、曹操ほどに戦がうまくないのか。それとも、陸遜が生来の戦巧者なのか。とにかく、魏と呉が睨み合っている間、蜀に軍事的な脅威はなかった。その間に、できることは全部やってしまっておきたい。

国力を回復してのちの、この国の動きについても、孔明ははっきりしたものを思い描いていた。やはり、北進である。蜀は、三国分立の中で生き残り、勝利を掴むために、北進以外の道は持っていなかった。

ただ、北進のやり方に、さまざまなものがある。劉備が、孫権に対する恨みを捨てられるかどうかで、諜略の方法も大きく変る。

「丞相、そろそろ、丞相府の役人を増やしたらどうでしょうか。私は国内を回って、地方には充分の役人がいると感じました」

「まだいい、蔣琬。こういう時は、地方から充実してきた方がいい。そのための役人なのだ」

「丞相は、ほとんど寝ずに働いておられます。お躰に障るのではないかと、心配している者たちもいます」

「陛下も、病と闘っておられるのだ、蔣琬」

「自分に、もう少し能力があったら、と私は思います。それで、いくらかでも丞相をお楽にできるのにと」

「心配するな。それより、仕事を遺漏なく片づけるのだ」

成都に戻ると、書類の山が待っていた。報告をしに来た者たちも、列をなしている。

疲れている、とは思っていなかった。これぐらいのことで疲れて、志を遂げられるのか。一度戦に負けたぐらいで悲観していて、全国を統一し、漢王室の再興などできるのか。

劉備が持ち直してきたという噂で、永安へ見舞いに行きたがる者が増えた。皇太子の劉禅は、すでに側近と近衛兵を連れて出発している。劉備は、見舞いなど欲していない。それはわかっていたが、禁じるわけにもいかなかった。雪崩を打ってという状態にならないように気を配りながら、孔明は許していった。

劉備が会いたがっているのは、自分のはずだ、と孔明は思っていた。しかしすぐには会えない。お互いに、そう思っているに違いない。

久しぶりに、館へ帰った。

朝、出かけた者を迎えるように、陳倫は孔明を迎えた。子供たちも、いつもの様子と変りなかった。

家族で、夕餉の席につく。なにか不思議なところに入りこんだような気分に、孔明は襲われた。

陳倫の料理は、相変らず質素だった。子供たちは、行儀がいい。これも人の生活なのだ、と孔明は思う。自分は、人並みの生活にも恵まれ、夢を追って生きることにも恵まれている。欲が深かったわけではない。自然にそうなっているだけだ。

「市場に、物はあるか、倫々？」

「このごろになって、ようやく。値が上がらないとわかったので、出しはじめたのでしょう。ふた月ほど前まで、あるものを買うしかない、という状態でしたわ」

農民が、作物を隠している。値が上がりそうだと思ったら、誰もがそうするだろう。大きな規模ではなく、ひとりひとりがささやかにやっていることが、積み重なっているのだと思えた。

農家の土蔵や穴倉に隠された作物を出させるには、どうすればいいのか、と孔明は考えはじめた。噂が噂を呼んで、そういうことが起きる。ならば、どこかで噂を作ればいいのか。しかしそれをやれば、売り惜しみと同じ価値観のもとで動くということになる。

「あなた」

陳倫が笑いながら言った。

「いまは、市場に物があるのです。国が落ち着いて、誰もが不安を感じなくなったら、物は出てきます。おわかりですわね」

「まったくだ。つまらぬことを考える前に、政事をきちんとなせ、ということか」

孔明は、声をあげて笑った。


劉備は、長江を見つめていた。

成玄固と二人で、並んで眺めて以来である。あれから、躰も心も、水の中で朽ちた倒木のようになった。なにか食えば吐き、水などいくら飲んでも、しばらくすると口から溢れ出してきた。天井のしみを終日眺め、眠っているのか死んでいるのか、自分でもわからなくなるほどだった。

躰が、快方にむかった。それはさらに悪くなる前兆だと爰京は言ったが、朽ちた倒木よりましなことは確かだった。

鍼を打ちはじめて六、七日経ったころ、なにかが違うと感じた。体調がいい、というようなことではない。心に、芯ができた。そんな気がしたのだ。さらに二、三日経つと、それが意志というものだということが、はっきりとわかった。

意志と抱き合わせのように、痛みがはっきりと出てきた。腹の鈍痛である。特に右の脇腹がひどい。爰京は、決してそこに鍼を打とうとしなかった。

劉備は、寝台で躰を起こすようになった。食いものは、大して入らない。しかし、爰京が作る薬湯は、不思議に飲むのが苦痛ではなかった。鍼は一日に二本で、それ以上は打たない。

「命が蘇るのと同時に、病も力を持ちます。厄介なものなのです。命を奪うくせに、病も命そのものなのですから。私には、どうしようもありません」

「病も、命そのものか。まるで人の世と同じではないか」

「皮肉なことをおっしゃいます。私の鍼が、陛下のお役に立っているのか、お苦しめしているのか、毎夜悩んでおります」

「こうして長江を見つめていると、なにもかもを流し、自分自身でさえ流れて消えていきたい、と思う。しかし、私にそれは許されまい。なんとか、そう思えるようになった。それは、おまえに感謝すべきだと思う」

「しかし、ひどい痛みがあるのではございませんか、陛下？」

ふだんは鈍痛だが、一日に三、四度、叫び声をあげたいような痛みが、腹の中を駈け回る。呻きひとつ洩らさず、劉備はそれに耐えていた。

「鍼は、痛みをやわらげるためにも打てるのか、爰京?」

「打てます。そして、気力も萎えます」

「ならば、痛みに耐えよう」

「すでに、陛下は気力を取り戻しはじめておられます」

「そうかな」

劉備は、自分の手に眼を落とした。かつて剣を執り、手綱を握った手。痩せて皺だらけで、黒いしみが浮き出している。いまは、剣を支えることもできないだろう。指は折れ曲がったままで、枯れて長い歳月を経た木の枝を思わせた。

城壁に、小肥りの男が、二十人ほどの供を連れて姿を現わした。成都から見舞いに来ている、劉禅である。

ありきたりの見舞いの言葉と、心配を口にする。劉備はただ頷いていた。一日に一度、劉禅はこうしてやってくる。劉備が望んで移った城壁のそばの寝室が、いまは御在所と呼ばれていた。城壁に出ている劉備に、劉禅は戸惑っているようだ。

「もうよいぞ、禅。私は、もうしばらくここで外の空気を吸っていたい」

劉禅は、ほっとしたように一礼した。

「もう少し、気力が欲しい、爰京。痛みに耐えられずに死ぬなら、それもよい」

去って行く劉禅の後ろ姿に眼をやり、劉備は言った。

「二カ所に、鍼を打たせていただきます。ただ、一カ所に同時に二本打ちます」

「できるのか？」

「人間の指には、幅がございますので。躰は、もっと生き生きとしてこられます。その分だけ、病も力強くなります」

「二本、同時に打つのか」

その分だけ、痛みも激しくなる、と爰京は言っているのだ。

翌日、爰京は腿の付け根に、二本ずつの鍼を打った。

「連弩を思い出した」

「なんでございますか、それは？」

「矢を、同時に何本も放つ弓のことだ。いまではあまり遣われぬが、城壁などに置いて、攻め寄せる敵に、一斉に矢を浴びせる。おまえが二本同時に鍼を打つのは、ほとんど連弩の原理と同じだ」

「なるほど。兵器にも、いろいろと参考になることがあります。連弩という言葉は、はじめて聞きました。実は、私は三本までは同時に打てます。連鍼と名付けることにいたします」

鍼は、きっちりと爪の幅ほどの間隔で打たれていた。

三日続けると、気力は高まってきた。痛みは、激甚という言葉でしか表わせない、身をふるわせるほどのものだった。

「成都に、使者を出せ。孔明を呼ぶのだ」

寝台に起きあがり、劉備は言った。

それからは、頭の中にはもう孔明のことしかなくなった。いや、孔明を通して、蜀という国のことを考えはじめたのだ。

「強靭な意志力をお持ちです。一本に戻せ、と言われると思っておりました」

「時がない。なぜか、はっきりとそれがわかった。ここで、自分を失いたくはないのだ、爰京。たとえどれほど痛かろうと、それは生きているということであろう」

孔明に会う時も、寝ていなければならないだろう。しかし孔明は、その姿を見ても決して憐れとは感じないはずだ。

天険を生かした、広大な土地。蜀。劉禅が次の帝なのか。漢王室は、どうすればいいのか。その前に、国をどうやって立て直すのか。

考え続けた。痛みに襲われている時も、それを考え続けた。

6

駈け続けた。

馬忠の指揮する五百騎が、孔明を守っている。

永安から、出頭命令が届いた。それはまさしく劉備の命令であり、書面を開いた時、孔明は手のふるえを止められなかった。

劉備に命令されるということが、これほどの喜びだったのか。主とは、こういうものだったのか。

早朝に出発し、暗くなるまで駈け、一番近くにある城郭に入る。どの城郭も、丞相が突然現われたからといって、慌てはしなかった。成都からの巡察は、めずらしいものではなくなっている。

一日百五十里（約六十キロ）ほどを駈け、十日で永安に到着した。

劉備は、城壁のそばにある、古い館にいた。

寝台に横たわっている劉備と、眼が合った。不意に涙がこみあげてくるのを、孔明は止めることができなかった。

「やっと、お目にかかれました、陛下」

「殿と呼んでくれ、昔のように」

「しかし」

「そう呼ばれたいのだ。二人きりの時は」

「殿」

「よく来てくれた、孔明。会えぬかもしれぬと思っていた。死を前にして、私は昔の気力だけは取り戻している」

「殿が、死なれるはずはありません」

「いや、自分でよくわかる。私の躰に取りついている病は、日々大きく育っていくようなのだ。しかし、間に合った。気力を取り戻すことができた」

「私は、信じません、殿が亡くなられることなど」

「天命であろう」

劉備が、眼を閉じた。

「言い渡しておくことがある、孔明」

再び開いた劉備の眼は、強い光を放っていた。隆中で、はじめて会った時の眼だ、と孔明は思った。

「私が死んだら、呉と和睦せよ」

「和睦ですか」

「できれば、連合するのだ。そして北進し、魏を討て」

「殿が、亡くなられればです」

「私は死ぬ。死ねば、恨みは消える。関羽、張飛とともに、あの世で孫権を苛めてやろう」

　ほんとうに劉備は死ぬだろう、ということがなぜかはっきりと、孔明にはわかった。呪いたくなるほど、はっきりとだ。

「殿」

「いいのだ、孔明。志を果せなかったという無念さもない。力のかぎり、生きたと思う。おまえがいてくれたので、私は大きくなれた。同じ志を抱いて生きてくれたおまえに、苦労だけ残して死んで行くのはすまぬと思うが」

「私の命は、殿でありました。成都から駈けに駈けながら、はっきりとそう思っていました」

「孔明、おまえはおまえだ。ただ、ともに生き、ともに闘った。私にとっては、いい人生だったと思う」

「私は、到らない臣でありました。そのことを申しあげようと思って、駈けに駈けてきました。殿、私は」

「よせ、孔明。おまえほどの男が、どこにいようか。私はおまえを、臣だと思ったことはない。友であった。いい友を持てて、幸福であった」

涙が、また溢れ出てきた。劉備は、ほほえんでいる。孔明も笑おうとしたが、涙は止まらなかった。

「もうひとつ、言っておくことがある。蜀は、おまえに譲ろう」

「なにを言われます。劉禅様がおられます」

「禅は、あまりに非力だ。あれの人生を、つらいものにするだけだと思う」

「この孔明が、補佐いたします」

「ならぬ、おまえが」

「聞きたくありません、殿。殿は、私を友と言われました。劉禅様をしっかりと補佐し、漢王室再興の志を果すのは、殿に対する私の友情であります」

「しかしな、孔明」

「友情さえ認めぬ、と殿は言われるのですか。この孔明が、友情さえ貫けぬ男だと思われますか？」

　劉備が、眼を閉じた。

「礼を言う、孔明。息子がかわいくないはずはない。私は、禅に蜀を継いで貰いたい。そして、孔明に補佐して貰いたい。しかし禅に一国の主たる器量がないと思ったら、速やかにおまえが主となれ、孔明」

　孔明は、掌で涙を拭った。劉備が、眼を開く。

「言わなければならぬことは、言った」

「心に、刻みつけました」

「楽になった。孔明さえいれば、私の志は消えることはない。私は、笑って死ねる」

「全身全霊で劉禅様を補佐し、必ずや蜀漢を礎にして漢王室の再興を果します」

　劉備の顔が、かすかに歪んだ。

　躰のどこかに痛みがあるのだ、と孔明は思った。

「医師を呼びます、殿」

「よい。この痛みは、耐えるしかないのだ」

「しかし」

「しばらくすれば、痛みは薄れる。ただ、その後は眠ってしまう」

「孔明が、おそばにおります」

「ありがたい。そんなふうにして眠ることを、私は何度も夢見たものだ。無理なことかもしれぬ、と思っていた。その孔明が、いま私のそばにいる」

劉備を襲っている痛みは、それからずいぶんと長く続いたような気がした。表情はほとんど変らないが、息遣いが切迫している。

それがようやく穏やかな寝息に変った時、孔明は両の掌で顔を覆った。


ずっと劉備に鍼を打っていたという。それで劉備は気力を取り戻したのだと、王平は孔明に言った。

爰京という男だった。

「病は、治せないのですか、爰京殿？」

爰京の眼は澄んでいた。その澄んだ光の中に、はっきりと見てとれる悲しみの色があった。それが答えだ、と孔明は思った。

「並はずれた、意志の力でありました。私は、同じ病を数えきれないほど見ましたが、陛下ほど果敢に立ちむかった人を、知りません。孔明様に、言っておかなければならないことがある。しかし、言う気力が出てこない。はじめは、そんな状態でありました。ここまで気力を回復されたのは、よほど孔明様に伝えたいことがあったからでしょう」

「痛みが」

「御自身で、覚悟して選ばれたことです。一度も、弱音をお吐きにはなりませんでした。不敬と言われようと、なんと言われようと、私は陛下を好きになりました」

「そうですか、病は癒せないのですか」

「抱いておられた思いは、孔明様に伝えられたのでしょう。明日からは、痛みをやわらげる鍼を、打たせていただこうと思います」

もう劉備は死ぬのだ、と爰京は言っているようだった。

「あと何年、いや何カ月」

「二、三日でしょう。正直に申しあげます。いままで、生きておられたのが不思議でした。人の思いというものは、医師の知識や経験などを、はるかに超えます」

心が、ふるえた。躰も、多分ふるえているだろう。

「私が、陛下についております。夜中に、一度か二度、眼醒められますので、おひとりにしておくわけには参りません」

「私も、一緒にいさせていただきたい」

「それは、おやめください。陛下にとっては、かえって負担になります。孔明様と会いたいと思われたら、必ずお召しになります」
二、三日という爰京の言葉に、孔明は動転していた。自分がそばにいることによって、それがさらに縮まるかもしれない、と爰京は言っているようだった。
侍中に案内された部屋で、孔明は横になった。いつか、陽も落ちていたのだ。

翌朝、孔明は呼ばれて、また劉備の部屋へ行った。

「いまの、蜀の国力は？」

「はい。農耕による作物は、順調です。屯田もはじめ、それはいずれ民間に下げ渡すつもりです」

「そんなもので、私が長江に捨ててきたものは補えまい」

孔明は、塩や鉄の専売の話をした。物流から、市場のありよう、商人の集め方、徴税の方法、役所の機能の仕方、兵の鍛え方まで、すべてを語った。

そのひとつひとつについて、劉備は自分の意見を言った。成都の宮中で語っているような錯覚に、孔明は襲われたほどだ。

劉備は、冴えわたっていた。そういうものだ、と爰京は言った。明日になれば、かなり混濁してくる。その時に語る言葉は、理性などを抜きにした、心の底にある思いだろう、とも言った。

　いまの劉備は、まだ明晰である。

「孔明、連弩というものを知っているか？」

「はい、いまはあまり遣われなくなりましたが、五本でも十本でも、同時に矢を放てるという弓でございますな」

「おまえは、雲梯（梯子に車が付いたもの）とか衝車とか壕橋とか、そんなものを、さらに工夫を加えてうまく作っていく職人たちを抱えていたな？」

「はい。それがなにか？」

「小型で、持ち運びの容易な連弩を、その者たちに工夫させてみよ。小さな連弩だ。兵が、肩にかけてたやすく行軍できるような、連弩」

「そんなものが、どういう戦に必要だと言われるのですか？」

　劉備が、嬉しそうに、にやりと笑った。

「南であろう、孔明。わが国が国力を回復するためには、南の制圧しかない、とおまえは思っているであろう」

「それは」

「私は、南を旅してきた商人に、何度か会った。密林が多く、弓が役に立たないそうだ。木が、邪魔をするのだ。射程の短い連弩を工夫せよ。矢も、短くする。そうすれば、いままでの何倍もの数の矢を、兵は持ち歩ける。密林で遭遇した敵に、掃射を浴びせることもできる」

「連弩でございますか」

「南へ行けば、矢を途中で補充するのも、なかなか難しかろう」

「そこまで、陛下はお考えでございますか」

爰京がそばにいるので、孔明は陛下と呼んだ。劉備は、しっかりした言葉で語り、気分はよさそうに見えた。

「南征の指揮官は？」

「南征そのものを実行するかどうか、まだ陛下の御判断すら仰いでおりませんのに」

「ならば、やるという仮定で考えよ」

「私が、参りましょう」

「それはよい。ほかには？」

「永安に伴いました、馬忠という校尉も連れて行こうかと思います」

「では、ここへ呼べ」

孔明は、侍中のひとりを走らせた。

まるで、軍議だった。劉備は、眼をさらに輝かしている。

「馬忠か？」

入ってきた馬忠は、ただ深々と拝礼しただけだった。

「孔明が、連弩を作る。しかし忙しくて、監督などできまい。職人たちの指揮は、おまえがやれ。なにに使うものかは、いずれ孔明が語ってくれよう」

拝礼し、馬忠は退出した。

劉備が疲れて眠りこむまで、孔明はそばに付いていた。

翌日も翌々日も、同じような状態が続いた。ただ、喋っている時間が短くなっただけだ。

「私には、陛下に死が近づいているなどということが、ほとんど信じられませんが。言っておられることも、こちらがはっとするほど明晰なことです」

「孔明様、私にはわかりません。痛みをやわらげる鍼を打っているのですが、それでも常人には耐え難い痛みのはずなのです」

「そうか、爰京殿にも、わかりませんか」

ただ劉備は、自分で呼ぶ人間としか会おうとしなくなった。毎日呼ばれているのは、孔明と爰京と王平だけである。

永安にいる重臣のすべてが呼び集められたのは、孔明が来て七日目だった。

劉備は、寝台に座っていた。

背こそ積み重ねた蒲団に支えられているが、さらに元気になったように見えた。

「みなに、申し渡す。すべてのことは、諸葛亮孔明に伝えてある。私が、死んだのちのことだ」

重臣たちの間に、衝撃が走った。劉禅が、寝台の縁にすがるように跪いた。

「蜀の臣であることは、漢王室の臣ということである。誇りを失うな。しっかりと生きよ。天下はいまだ三分。この国の乱世はまだ続く。『蜀』の旗を掲げよ。私の死後は劉禅が蜀漢の帝になり、孔明がそのすべてを補佐する」

意識がしっかりしている間に、重臣たちに伝えることを伝えておこうとしているのだ、と孔明は思った。爰京が、部屋の隅でしゃがみこんで泣きはじめた。

「劉禅よ」

声が、さらに力強く部屋に響き渡った。

「おまえは心優しい。それは人としての美徳だが、帝としての美徳ではない。それを忘れるな。そして、孔明を父とせよ。私以上の父だと思え」

「はい」

「孔明、息子がひとり増えることになる。頼む」

「この諸葛亮孔明、全力をもって劉禅様を補佐いたします」

「臣下の者たち、孔明のもとに、持てる力のすべてを集めよ」

劉備が、一座のひとりひとりを、ゆっくりと見回した。その眼が、寝台の縁の劉禅にむいた時、ふっと笑ったような気がした。

再びあげられた眼が、孔明にむいた。眼が合った。

「さらば」

そう言われたような気がした。劉備の眼は、いつまでも閉じなかった。瞬すらしない。爰京の泣き声が、いっそう大きくなった。

はっとして、孔明は劉備に駈け寄った。

眼を開いたまま、劉備は死んでいた。

月下の二人

1

陸遜を、軍の頂点に持ってきた。

長老と呼ぶべき韓当と、軍歴については充分な甘寧が、続けざまに死んだのだ。

「私だけが、長生きをしてしまっております。いささか、恥じるような気分ですな」

張昭が言う。孫権は苦笑した。この老人だけは、まだ当分死にそうもない。

淩統、徐盛、朱桓と、若い有力な将軍たちも揃った。巫のあたりまで劉備を追い、趙雲に突き倒された朱然は、隻腕になったが、いまは専ら水軍の調練に当たっている。

「交州が、ほぼ全域、呉に帰順してきております。やはり、荊州を手にしたのが大きかったのでしょう」

手にしたと言っても、荊州全域を押さえたわけではない。北部は魏のもので、大軍を駐屯させているのだ。合肥だけでなく、今後は荊州でも魏とぶつかり合わなければならないだろう。

呉は、その広さの割りに、人口が少なかった。荊州では戦乱が続き、それが終る見通しがないので、人が逃げている。帰順してきた交州の人口は、わずかなものだ。

領土が広ければ、配置する兵の数は当然多くなる。しかし、なかなか新兵を徴発できない。それが、悩みと言えば悩みだった。民政を安定させ、呉が住みやすい国だということになれば、人が流入してくる。それで解決できる悩みだと、孫権は考えていた。ただ、時はかかる。

魏の曹丕が、あまり戦がうまくないことはわかった。しかし、民政の手腕は相当なものである。統治する組織をしっかりと作りあげ、人口の移動なども把握しているようだ。

戦ではなく、民政で曹丕と競いたい、という思いが孫権には強かった。領土をこれ以上拡げることに、あまり意味はない。豊かにすることが、第一なのだ。

国力を充実させて天下を目指すと、陸遜らの軍人には言っているが、孫権の視野に天下はなかった。ただ天下と言えば、軍人にはいつも緊張感を強いることができる。

なにがなんでも天下にこだわり、持てる力をすべて戦に注ぎこもうとする、蜀の劉備のやり方など、孫権にはどうしても理解し難いところがあった。覇権は、人の欲望の象徴のようなものではないか。

つまり天下を目指すということは、欲望に振り回されているということにすぎなかった。愚かだとしか、孫権には思えない。

軍を充実させたいという思いも、魏と蜀が覇権主義で、しっかりと身を守っていなければならないからだ。国内だけでなく、国外にも間者を送るのも、同じ理由だった。

正式に外交ということができるようになれば、戦はこれまでよりもっとたやすく、回避できるようになるだろう。

諸葛瑾を中心とする、外交を担当する文官も揃いつつあった。

一度、荊州だけでなく交州にも視察に行くべきか、と孫権は考えはじめた。産業は、その土地や気候に合ったものを与えてやるべきだった。そういうことを考えている時は、孫権は充実していた。

蜀の帝、劉備が死んだ、という情報が飛びこんできたのは、そんな時だ。

三通りの方法で調べ、確認した。

陸遜に打ち破られて三峡を敗走した劉備は、ついに成都に戻ることなく、永安で死んでいた。

武昌の館の孫権の居室に、重臣が数名集まってきた。

「これまでのいきさつはともかくとして、帝が死んだのです。弔問の使者は出すべきでしょう。それによって、外交の端緒を開くこともできると思います」

諸葛瑾が言った。

乱世を生き抜き、最後は自分と闘って負けた老雄の死に思いを馳せているのか、陸遜は眼を閉じて黙っている。

「魏に対しても、臣下の礼だけは取り続けておきましょう。合肥での戦は、攻められたがゆえに守っただけである、とすればよいと思います。しかし呉は、太子（王の息子。孫権は呉王）を人質に出す屈辱には、甘んじられないとも」

「それは、やっておけ。しかし、蜀は誰のものになるのだ。劉禅の即位は事もなく運ぶのか。諸葛亮の国になるのではあるまいな」

「ありません」

諸葛瑾は、言下に否定した。
「弟も、諸葛一族です。主家にとって代ろうという思いなど、諸葛一族は抱きませ
ん」
「わかった、わかった」
諸葛瑾はすぐれた文官だが、そういうことに関しては、いささか頑固なところが
ある。
「劉禅を、諸葛亮が補佐するというかたちだな。しかし、まだまだ失った力を取り
戻すことはできまい」
「殿下、いずれは蜀と同盟を結ばざるを得ないのです。いかに曹丕が戦がうまくな
いと言っても、魏は武将にも兵力にも不足しておりません」
「同盟まで視野に入れて、弔問の使者を出せばよかろう、諸葛瑾」
「そういたします」
それから、蜀の今後の情勢についての話が、しばらく続いた。丞相として諸葛亮
がいるかぎり、このまま潰れていくことはないだろうというのが、大方の意見だっ
た。
「蜀との同盟が成ることになると、魏との戦は覚悟しなければなりません、殿下」

陸遜が言った。

「合肥に加え、荊州の戦線を抱えることになると思います。そうなると、やはり兵力が不足します」

「荊州での新兵の徴発は続けている。しかし、人が少ない」

「夷州（台湾）を攻め、捕虜を兵に加える、というのはいかがでしょうか。地理的に見ても、夷州は呉の属国と考えてよいのです」

軍人は、なぜ戦をすることばかり考えるのかと、陸遜の顔を見つめながら孫権は思った。

「まずは外交だ、陸遜。臣従の証として、三万の兵を出す。そういう交渉をし、話が潰れた時に攻めればよい」

「はあ」

「三万が加われば、兵力の不足もいくらか補えよう。あとは、呉に人が集まってくる。そういう国になるしかないであろう」

手温い、と陸遜が感じているのはわかったが、孫権は無視した。

散会すると、部屋に張昭ひとりが残った。

「また、なにか考えているのか、張昭？」

「蜀が、速やかに力を取り戻す方法が、ひとつだけございます、殿下」

「南中か」

「諸葛亮が、それを見落とすとも思えません。相当に広大な地域でありますし」

「交州が帰順してきたので、そこから南中に進出しようというのではあるまいな」

「戦は、国力を疲弊させるだけだ、と殿下はお考えになっているのではありませんか。戦の建策などすると、嫌われるのはよくわかっております」

「どうする？」

「南中には、部族対立もかなりあります。そこを煽ればよいのです。蜀に叛乱を起こし、呉に帰順したいという部族が増えれば、混乱いたします。こちらは交州から一歩も出ていないということになれば、蜀としても抗議のしようもありますまい。南中の叛乱が拡がり、呉に帰順でもしてこようものなら、労せずして益州の南が手に入ります。そこまでにならなくても、諸葛亮は鎮定にかなり手を焼くことになります」

「煮ても焼いても食えぬ老人だ、おまえは。しかし、その案は悪くない。うまく手を回してみろ」

「ほんとうは、魏に対してなにか手を打ちたいのですが、隙がありません。司馬懿や陳羣などという、中堅の幕僚たちが、しっかりしておりましてな」

「そのあたりが、曹丕の手強いところだ。これからは、戦だけの勝負ではなくなってくるからな。しかし、魏にも蟻の一穴になりそうなところはあるぞ」

これからは、荊州の戦線も抱えることになる、と陸遜が言った。荊州ならば、新城郡に蜀を裏切った孟達がいる。これを裏切らせるのは、条件次第では難しくないだろう。

しかし、まだ早い。洛陽に気づかれて孟達が処断され、新城郡に手強い将軍が赴任してくると、厄介なことになるのだ。

ひとりのすぐれた将軍で、どれほど面倒になるかは、合肥の張遼で骨の髄まで知らされた。その張遼が死に、合肥の戦線はいまやこちらが押し気味である。

「蟻の一穴ですか。孟達ですな」

さすがに、張昭は見るところは見ている。

「これは、少し待ちましょう。最も大きく使える時を待つのは、諜略の基本です」

「細い糸を一本、付けておけ」

孟達の幕僚のひとりと、好誼を通じておく。こちらも、大して目立たない者がいい。たとえば同郷の者など、捜せば必ずいるはずだ。

「とにかく、劉備が死んだ。乱世のはじめから、原野を駈け回っていた者は、もう誰もおらぬ。これからの乱世は、そのありようも変ってくるであろうよ」

「殿下にとっては、水が合ってきたというところですかな」

ほとんど表情を動かさず、くぐもった声だけをあげて、張昭が老人らしく笑った。

2

劉備が死んだという報を、司馬懿は涼州の楡中で受けた。

雍、涼二州の視察を命じられ、張既と楡中で落ち合ったのである。呉に合肥で敗退したが、それによって軍の編成をし直し、曹丕は自信を持ちはじめていた。まず、国内をしっかり固めようというのである。

やはり、雍、涼二州が問題だった。

「そうですか。劉備玄徳が死にましたか」

張既は、感慨深そうな表情をした。曹操の下で、何度か劉備軍とも闘っているのだ。

「荊州進攻は、無理な戦でした。関羽が死んでからおかしくなり、張飛まで死ぬと、もう自分で自分を止められないという感じに見えましたな」

「司馬懿殿は御存知ないかもしれませんが、馬超が劉備の麾下に加わった時、先帝（曹操）は、心の底から口惜しがられました。英雄を集めたいと思っておられましたが、結局、関羽も馬超も来ませんでした。先帝御自身が、英雄であられたからかもしれません」

「劉備という男、不思議な魅力を持っていたのだと思います」

楡中は、かつて馬超が拠点としたところだった。敦煌と楡中。涼州の東西の端である。二千五百里（約一千キロ）はあると言われていた。馬超はそこを、わが庭のように駈け回っていたのだ。

「しかし、よく広い涼州をわずかな軍勢で押さえられました、張既殿」

「とりあえず押さえている、という状態です。できるだけ民が不満を抱かぬよう、徹底して話し合うようにはしておりますが。所詮は漢族で、支配のために来ていると、最後は思われてしまいます。洛陽に送った者たちが、早く帰らないか、心待ちにしておりますよ。あの者たちなら、なにが羌族の利益になるか、私よりうまく説明できるでしょうし」

羌族の若者を洛陽に呼んで教育する、という陳羣の案は実行されていた。いま五十名の若者が洛陽にいる。戻るのは一年以上先のことだ。

涼州をまとめさえすれば、雍州は東西から挟まれるという恰好になる。かつては関中十部軍などという豪族の軍団があったが、それは崩壊している。とにかく涼州だ、と張既は考えていた。それは、悪くなかった。ただ、雍州にいる有力な者は、懐柔しておいた方がいいと司馬懿は曹丕に進言した。蜀はやがて、必ず雍州に侵攻してくるはずだった。その時の叛乱は、ただの叛乱では終らない。

視察という名目だが、目的はそちらの方にあった。ただ内密にやらなければ、また叛乱の芽を作ることになる。

「ところで、馬超の話ですが、司馬懿殿」

「死んでいない、という噂のことですな」

「涼州では、馬超が死んだとは誰も信じていません。羌族の王となり、涼州に攻めてくると言う者までいます」

「それは、厄介ですな。しかし、ありますまい」

賊徒二千が谷にぶらさげられ、鳥に啄まれたのは、ずっと深い山の方だった。これ以上は入るな、という警告のようなものだろう。たとえそれを馬超がやったとしても、山の外の世界を拒絶しているのだ、と司馬懿は思っていた。なにかやるつもりなら、死んだことにする理由はなにもないのだ。

「いまのところ、確かに涼州は静かですが」

「兵一万が、よかったのだと思いますよ、私は。涼州の民の反撥を買うような数ではありません」

「まあ、このままやってみましょう。いずれ、洛陽にやった若い者が帰ってくるでしょうし。そうなれば、いまの軍政も、いくらか民政に近くなります」

「張既殿はそういう考えで、しかも自信を持っておられる、と陛下には御報告しておきます。涼州は平穏だとも」

涼州の平定に張既を使うことを曹丕に進言したのは、賈詡だと言われている。さすがに慧眼だった。言われてみなければ思いつかないものはあり、老人はそういうところをよく見ている。

張既と別れると、司馬懿は慎重に雍州を東へ縦断し、長安に寄ってから、洛陽に戻った。軍勢は相変らず五千で、ほかの将軍たちには同情されるほどだった。

宮中の、曹丕の居室での食事に呼ばれた。

こういうことは秘密のことが多く、侍中（秘書官）のひとりが迎えに来る。

ほかに、曹真と陳羣が呼ばれていた。

「対呉、対蜀に、軍編成を切り替えようと思う」

食事がはじまると、曹丕が言った。

「合肥の戦線が、東部方面軍。宛か樊城に荊州方面軍、長安に西部方面軍。それぞれに、将軍ひとりを配する。兵力は五万」

曹丕は、頭の中で、戦というものを考えすぎる傾向がある。確かに万全だが、それは地図の上だけのことで、実際の戦は大地の上で行われるのだ。酷寒、酷暑、雪、長雨。それがどれほど戦に影響するかわからないのだ。しかし曹丕は、なにかを考えてそうしたのだろう。つまり、目的というものがあるはずなのだ。

「洛陽には、兵はどれぐらいなのでしょう、陛下？」

陳羣が言った。この中では、最も戦に縁のない男だ。

「周辺も含めて、十五万。それから鄴にも五万を置く。これは北部方面軍と考えていい」

「なるほど、万全ですな」

曹真が言った。凡庸だが、曹丕に対しては絶対の忠誠心を持っている。

四方を固め、さらになぜ洛陽の周辺に十五万も置くのか、司馬懿は考えていた。

これは明らかに、遊軍と解釈できる。つまり、曹丕はどこかを攻める気でいた。

　この機に、蜀を攻めるのか。蜀はまだ、敗戦の痛手から立ち直っていない。おまけに、劉備が死んだばかりだ。蜀を制してしまえば、呉を屈服させるのは難しくない。

　しかし、危険だった。天険に守られている。そこに引きこまれて負ければ、全滅ということになりかねないのだ。劉備が死んだといっても、諸葛亮がいる。劉備が生きていた時より、むしろ動きやすいだろう。

「陛下は、どこかと戦を考えておられませんか？」

「その通りだ、司馬懿」

「十五万を、陛下御自身で率いられて、戦をされるということですね」

「征呉軍だ」

　呉を相手にする方が、危険は少ない。しかし、孫権はまだ臣下の礼をとっている。人質を出さないことで、臣従は拒絶した。それでも臣下の礼はとり続け、洛陽に朝貢にも来る。つまりは、同盟が存在していると言ってもいい状態なのだ。

「名目がございませんぞ、陛下」

「すぐに討とうというのではないのだ、曹真。いずれ、呉は蜀と同盟する。そうしなければ、やっていけぬからだ。その同盟は、魏への背信の証となる」

「なるほど」

曹真が頷いた。

先まで読んでいる、と司馬懿は思った。戦はうまいと言えないが、先を見通す力は、抜群だった。しかし、先を読んでいるだけなのか。

「私は、二年かけて、自分で十五万の軍を育て、それでまず呉を討ちたいのだ。二年とは、蜀の立ち直りがそこであろうと読んだからだ。十五万の兵の調練は、しっかりとできている。あとは私の軍となり、手足のように動くようになればいい。半年後でも、充分闘える。魏帝直属の軍としてだ」

曹操にあって、曹丕にないもの。それが武人としての評価である。

そういうことは気にしていない、というふうに振舞っていたが、大きな劣等感になっていたのかもしれない。古い将軍をはずし、少しずつ軍の改革をしてきたのも、魏帝直属の軍を作るためだったのか。

そして、親征した合肥で、呉軍に散々打ち破られた。それも、自尊心を傷つけたに違いなかった。

「しかし、陛下。軍はいま、再編を終えたばかりですが」

一万の部隊。二万の部隊。そんなふうに編成してある。それを組み合わせれば、曹丕の構想はそのまま実現できる。

　司馬懿がそれを言うと、曹真は頷いた。

「兵站の担当を、陳羣に近々決めて貰う。それから、曹真と司馬懿の二人は、優秀な校尉（将校）を何名ずつか推薦してくれ」

　即座に、曹真が四、五名の名を挙げた。司馬懿も二名の名を出したが、郝昭の名は出さなかった。郝昭はまだ、懐の中に留めておいた方がいい。

「呉を討つところから、私は全土制覇の道を歩きはじめようと思う。おまえたち三人だけは、それを知っていてくれ」

　曹丕は、三十七歳だった。じっくりと構えて、遅くはないのだ。

「蜀が、今後どうなるかだと思います、私は。やはり、雍州に出てこようとするのではないか、という気がするのですが」

「私も、それは考えている、司馬懿。涼州が治まりつつある。それは大きいのではないかな」

「確かに、蜀が雍州に出てきても、長安の軍と涼州の軍で挟撃ができるというかたちにはなります。涼州が、それだけ兵を出せればですが」

「涼州の兵は、考えておらぬ。張既がしっかり治めていてくれればいい」

雍州の豪族の懐柔に行ったというのは、曹丕との間だけの話だった。曹真も陳羣も、視察に行ったとしか思っていない。

蜀軍が雍州に出てくれれば、それはその時に考えればいい問題だった。ただ曹丕の性格からして、征呉軍をそちらへ回すというような、細かいことまで考えているかもしれない。だからこそ、遊軍の性格を持たせたとも思える。

「名は、征呉軍でよろしいのですか、陛下。親征軍というような名にした方が」

曹真が言った。

「名はどうにでもなるが、私は征呉軍でいいと思っている。孫権はその名だけで、気持は穏やかではあるまい。逆に、蜀漢と名乗り、まだ漢王室と言い立てている蜀は、親征という言葉に、必要以上に反撥する」

すべてについて、曹丕は考え抜いている。しかし、なにかひとつ足りないような感じがある。それがなにか、司馬懿にはうまく言えなかった。

散会すると、司馬懿は館ではなく、営舎の方へむかった。

尹貞が迎えに出てくる。

「諸葛亮の話は出ましたか、殿？」

「いや、あまり出なかった」

なにか足りない。そう感じたのは、諸葛亮のことではなかったのか。司馬懿は、ふとそう思った。絶対に、油断してはならない相手。曹丕もまた、自らの大きさを恃みすぎているのかもしれない。いくら諸葛亮を評価しようと、小国の軍師とどこかで思ってしまう。

「今夜は、酒が飲みたいな、尹貞。郝昭も呼んでこい」

「これは、おめずらしい」

「陛下と喋っていると、神経がささくれる。今夜は、女より酒の方がよさそうだ」

このささくれも、司馬懿は嫌いではなかった。

3

覚悟はしていた。

しかし、その覚悟を超えるほど、趙雲の受けた衝撃は大きかった。

劉備の遺体が成都に運ばれ、葬儀が営まれ、三日間、喪が発せられた。三日というのは、劉備の遺言にあったらしい。

喪など、何日あろうと同じだった。

劉備が死んだ。それが自分の心から消えることはないだろう、と趙雲は思った。関羽が死んだ時とも、張飛が死んだ時とも、まるで違っている。この、大きな喪失感はなんなのだ。

人は死ぬ。当たり前のことが起きただけだ。何度も、そう自分に言い聞かせた。それでも、営舎の居室にひとりでいると、不意に涙がこみあげてきたりする。

劉備は、もういない。

叫び出したくなるような、喪失感だった。

喪があけるとすぐに、また調練が開始された。行軍調練を経た兵たちは、確かに一段強くなっていた。肚が据っている。死ぬことを、あまりこわがらない。

しかし、なんのために兵の調練などをしていたのだ。

劉備のため。それだけだったのではないのか。

蜀軍を作ろうとしていたのではなかった。劉備軍を作ろうとしていたのだ。劉備がいなくなって、趙雲にははっきりとそれがわかった。

馬で駈けた。毎日である。供は、誰も付いてくることができない。それほど激しく、馬腹を蹴った。

廖化が、時々営舎の居室へやってくる。

酒を飲んだが、二人ともあまり酔わなかった。それでも、馬忠や馬謖のような、若造と飲むよりはましだった。

「関羽将軍とともに死ねなかった。それで、私は主に死なれる癖がついたような気がする」

廖化は、そんな愚痴をこぼした。

悔んでも、はじまることではなかった。長く戦塵の中を生きてきて、人の死に心を動かすことはなくなっていた。そういう自分ではない自分がいるのだということが、趙雲には驚きでもあった。

「早く、戦がはじまらぬかな」

「そんなことを言うやつにかぎって、いつまでも死なないものだ、廖化」

「かもしれませんね」

「それに、蜀は戦ができる状態ではない」

「二万の精鋭を鍛えたのにですか？」

「兵だけで、戦はできん」

兵糧がいる。武具もいる。すべてのものが、いま蜀では不足していた。

孔明が、懸命になって、国力を回復させようとしている。それも、趙雲は見ているしかなかった。自分にできるのは、戦だけなのだ。戦だけが、人生だった。そして、劉備のためだけに闘ってきたという気がする。

「趙雲将軍は、宗教というものを信じておられますか？」

「なぜ？」

「ちょっと気になったのです。曹操は、浮屠（仏教）に関心を持っていたようです。五斗米道もあった。どれも、死はこわくないということを、教えるそうです」

「おまえは、こわいのか？」

「わかりません。死に損ったという思いがあるだけです」

「私は、宗教についてはなにも知らん。乱世のはじめのころは、黄巾賊が暴れていた。若い男もいたが、年寄りや女も混じっていた。死ぬのをこわがらないので、時々官軍が打ち負かされたりしていたな」

「死ぬと、どうなるのです？」

「土に還るのだ」

「陛下も、関羽将軍も？」

「誰でも、等しく」

「土に還るなら、なぜ墓などを建てるのでしょうか？」

「廖化(りょうか)、おまえはなにを言いたいのだ？」

「土に還った、とは思いたくないではありませんか。陛下も関羽将軍も、どこかでわれわれを見ていると。そう思えれば、あまり悲しくなりません。宗教というのは、人を悲しませないためにあるのかもしれませんね」

「もうよせ。おまえは、酔うとうるさい」

酒を飲むのは夜で、部屋には明りがひとつあるだけだ。ちょっとした風でも消えてしまう、小さな明りだった。

「土に還るわけがない。魂は残るのだ」

呟(つぶや)きながら、廖化が自分の居室に帰っていく。

校尉(こうい)用の営舎には、このところ明りがいつまでもついている。会議などをやる部屋で、何人かが起きているようだ。

趙雲は、酒を飲むのをやめて、その部屋に行ってみた。

馬忠(ばちゅう)だった。若い男二人と、盛んになにかを組み立てている。

「なにをしている、馬忠？」

「これは、趙雲将軍。うるさくて眼(め)を醒(さま)されましたか？」

「いや、私は起きていた。明りが気になっただけだ」

図面も、拡げられていた。覗きこんだが、なんだか趙雲にはわからなかった。

「連弩です」

「こんな小さな連弩があるか」

連弩は、城壁などに固定して、十本ぐらいの矢を一度に放つ機械だった。車がついたものもあるが、いまではあまり使われない。

「陛下に言われたのです、作ってみろと。この二人は、孔明様のもとで、さまざまな機械を作っていたのですが、いや、なかなかうまくいきません」

馬忠が、趙雲に水を出した。二人は、趙雲が入ってきたので、緊張したのか直立したままだった。

「邪魔をする気はなかった。仕事は続けてくれ」

「いや、ひと休みしようと思っていたところです。二本の矢を同時に放つことはできるのですが、次の矢がうまく落ちてこないのですよ」

孔明は、これまでもさまざまな機械を作った。趙雲が知っているのは、攻城兵器ぐらいだが、農耕のための機械もあるらしい。

「これが矢か。短いな」

「陛下が言われました。南へ行けば、密林ばかりだと。密林の中では、矢は木に遮られるので、それほど遠くまでは飛ばせません。これぐらいでも、まとめて射ることができれば、充分なのです」

二人は、黙々と作業に入っていた。

「これを二本ずつ放って、十本。それがひと箱で、小さいものですから、兵は二十個は持てます。つまり二百本の矢」

「南か」

「趙雲将軍は、南中へ行かれたことはありますか？」

「いや」

しかし、交州へは行った。劉備に臣従したいと申し出たら、いろいろな土地を回り、人を見て来いと言われたのだ。流浪のついでのように、交州の合浦まで行った。

「南征軍は、われわれの部隊で編成されるのでしょうか、趙雲将軍」

「知らぬな。丞相府で決めることだろう」

「私は、加わりたいと思います。どれほど豊かな土地なのか、自分の眼で見てみたいのですよ」

馬忠は、喋りながら小さな箱をいじり回していた。意外に、手先は器用そうだ。

「いくつになった、馬忠？」

「二十八です」

「いい歳だ」

「どんなふうにですか？」

「おまえぐらいの時、私は誰にも負けぬと思っていた。信じたいものを、信じることもできた。そして、死ぬことが少しだけこわかったような気がする」

「趙雲将軍は、いままでに負けたことがおありなのですか？」

「いや」

「そうでしょうね。槍を突きつけられた時、失礼ながら、こういう男もいるのだ、と思いました。決して、負けない男が」

「負けを知らぬことを、自慢にしたことはない。たまたま、強い者が味方だった。関羽殿や張飛のように」

「私は、負けを知らされました。そこそこに自信はあったのですが」

「なかなか、いい剣を遣った、おまえは」

「負けた者を、ほめたりはしないものです、趙雲将軍。惨めさを思い出すだけですから」

「時々、思い出した方がいいな。おまえは、どうも明るすぎる」

遠くで、馬蹄が聞えた。二騎だ。それは営舎の近くまできた。それから、人が近づいてくる気配が伝わってきた。

「やはり、歴戦の勇将は違います。自然に剣の柄に手がいっていますよ」

気づいていなかった。

趙雲は腕を組み、入口の方に眼を据えた。

入ってきたのは、侍中をひとりだけ連れた、孔明だった。なにか、図面のようなものを持っている。

「趙雲殿、いかがなされた?」

「こっちが言いたいことだ、それは。孔明殿は、城中からこちらへ来られたのか?」

「そうです」

「こんな夜更けに、護衛もつけずに?」

「夜更けだから、護衛の兵たちを起こすわけにもいかず」

孔明は質素な茶色の袍に、青い巾をつけているだけだった。剣さえも佩いていない。侍中は、緊張して顔を強張らせている。

「魏や呉の間者が、何人も入りこんでいる。董香殿の例もある。あまりに無謀ではないのか。なにかあったら、どうされる?」

「わかっていますが、夜中だからまあ大丈夫だろうと思って」

孔明は、二人の職人を呼び、図面を示しながらなにか言った。二人が、食い入るように図面を見つめている。

「ふと、思いついたことがありましたので、図面を描いてみたのです。これは、うまくいくかもしれない」

「孔明殿も、連弩を？」

「そうです」

「しかし、そのお忙しい身で。夜は、眠られたらどうだ」

「思いつくと、じっとしていられないのですよ」

「蜀の丞相ですぞ」

「昼間は。戦場では、軍師にもなります。夜は、兵器の考案者にも」

孔明が、白い歯を見せて笑った。

しばらく職人とやり取りをし、馬忠の手もとの箱を覗きこみ、孔明は趙雲にちょっと頭を下げた。

「帰られるのか、城内へ」

「月が、とても明るいので、御心配には及びません」

「なにを言っておられる。私が知った以上、ひとりでお帰しするわけにはいかん。送っていきましょう。おい、侍中。おまえの馬を借りるぞ」

「これは、音に聞えた将軍の護衛ですか。贅沢な話です」

送ると言う趙雲を、孔明は別に拒みはしなかった。

馬のところまで歩き、乗ると馬首を並べた。

確かに、月が明るい。歩哨が十人ほど槍を構えたが、孔明と趙雲と知ると、直立して見送った。かすかに、風が吹いていて、肌に心地よかった。

「めずらしいですね、趙雲殿。こんなに月が出る夜など、雲の多い成都には滅多にない。それも、満月ではありませんか」

「孔明殿。武器作りにまで、手を出される必要があるのか？」

「大事なのですよ、武器は。その昔、剣などは青銅でした。ところが、鉄が発見された。すると、兵の質ではなく、鉄製の剣を遣った軍の方が勝ったのです」

「そんなことは、わかっているが」

しばらく、黙々と進んだ。

「廖化と、死の話をした」

「まだ、死にたがっているのですか、廖化は？」

「さあな。軍人はみんな、どこかで死にたがっていると言ってもいい」

「いずれ、南中へ出かけます。留守は、趙雲殿にお願いしようと思っています。補佐に馬謖を付けますので」

「孔明殿御自身で、行かれるのか？」

「馬忠は連れていきます」

「待たれよ。それは軍人の仕事であろう」

「なんの。異民族は、こわがらせてはならないのです。だから、戦ではなく、慰撫に行ってくるのです」

「一度言ったことは、変えない男だったな、孔明殿は」

「趙雲殿も、そうでしょう」

馬は、のんびりと歩いていた。地表に、二つの影が落ちているのが、はっきりと見えた。長い旅の果てに、ここを歩いている。そんな感じの影だ、と趙雲は思った。

「みんな、いなくなってしまいましたね、趙雲殿」

「そうだな。殿まで、いなくなってしまわれた」

「月の光が、きれいですね」

「孔明殿と、こんなふうにして歩くとは思わなかった。それに、月の光を浴びて、しみじみとした気持になったこともない。無骨な人生ではある」

「同じですよ、私も」

趙雲は、ちょっと口もとで笑った。

孔明が笑っているのかどうか、よくわからなかった。

き 3-51

三国志(さんごくし) 十一の巻(じゅういちのまき) 鬼宿の星(きしゅくのほし) 新装版

著者 北方謙三(きたかたけんぞう)
2002年4月18日第一刷発行
2024年9月18日新装版第一刷発行

発行者 角川春樹

発行所 株式会社 角川春樹事務所
〒102-0074 東京都千代田区九段南2-1-30 イタリア文化会館

電話 03(3263)5247[編集] 03(3263)5881[営業]

印刷・製本 中央精版印刷株式会社

フォーマット・デザイン＆シンボルマーク 芦澤泰偉

ISBN978-4-7584-4666-2 C0193

http://www.kadokawaharuki.co.jp/[営業]
fanmail@kadokawaharuki.co.jp[編集] ご意見・ご感想をお寄せください。